GW00362794

EL BARCO DE VAPOR

Operación "Fuga de cerebros"

Janice Marriot

sm Joaquín Turina 39 28044 Madrid

Colección dirigida por **Marinella Terzi**

Primera edición: octubre 1997
Segunda edición: abril 1998
Tercera edición: septiembre 1998

Ilustración de cubierta: *Asun Balzola*
Ilustraciones del inglés: *Asun Balzola*

Título original: *Brain Drain*
Publicado por Scholastic Ltd, Auckland, Nueva Zelanda
© Janice Marriot
© Ediciones SM, 1997
   Joaquín Turina, 39 - 28044 Madrid

Comercializa: CESMA, SA - Aguacate, 43 - 28044 Madrid

ISBN: 84-348-5694-8
Depósito legal: M-26692-1998
Fotocomposición: Grafilia, SL
Impreso en España/Printed in Spain
Imprenta SM - Joaquín Turina, 39 - 28044 Madrid

No está permitida la reproducción total o parcial de este libro,
ni su tratamiento informático, ni la transmisión de ninguna
forma o por cualquier medio, ya sea electrónico, mecánico, por
fotocopia, por registro u otros métodos, sin el permiso previo y
por escrito de los titulares del copyright.

1

Sɪ hago un esfuerzo para analizar el desastre acaecido las pasadas Navidades, o sea, si miro hacia atrás e intento ver el asunto tal y como lo harían la gente de negocios o los políticos, no como la gente normal que lo que hace es enfadarse, tengo que reconocer que la culpa de todo la tuvo mamá.

Jueves, 24 de noviembre

Cuando llegué a casa, pedaleando en mi bicicleta, y abrí la birriosa puerta de entrada —tan birriosa que sólo me llegaba a la rodilla—, andaba tan cansado por el esfuerzo que supone sobrevivir por espacio de un año, que no pude darme cuenta de que estaba a punto de desencadenar una serie de acontecimientos que descabalarían mi vida por completo.

Primero describiré la puerta. Será mucho más fácil que describir a mi madre. La puerta, o mejor dicho, la puerta de mi madre, fue blanca alguna vez, pero estaba hecha polvo, cubierta de un moho verdinegro. Seguro que hasta se podría pillar alguna enfermedad contagiosa por su culpa. Bueno, pues la empujé un poco más fuerte de lo habitual y se desintegró ante mis narices.

La recogí del suelo, menos el trozo diagonal de la parte de atrás, que estaba más hecho polvo que el resto y que se me deshizo entero, y cuando luchaba con los trozos, casi se me cae la bici encima y me aplasta. La apoyé en el cobertizo donde la guardo. Soy la única persona en el mundo —desde luego, la única en mi vecindario— que tiene un cobertizo de *uralita* ondulada en el jardín. Es algo que me avergüenza profundamente.

Recogí los trozos de madera y me arrastré, con ellos en las manos, hacia la puerta trasera de mi casa, por el sendero de cemento agrietado en el que dejamos los cubos de basura.

—¡Mamá! —grité—. ¡La puerta se ha desintegrado!

Silencio. Sabía que estaba en casa. El Mini que le había dejado su amigo John estaba aparcado en la calle. Tenía unas cuantas magulladuras y la pintura no brillaba como ocurre en los demás coches. Era mate; como si fuera de fieltro o algo así.

—Mamá, la puerta...

—¿Qué? ¡No me grites y quítate esos zapatos hediondos! —su voz venía del cuarto de baño.

—Mamá, te digo que la puerta se ha deshecho.

—¡No puedo con esta casa que se cae a pedazos! —gritó ella—. ¡Oh, maldición! ¡Ahora esto se sale de madre!

—¿Qué haces, mamá? —le pregunté.

—¡Intento arreglar la gotera del tragaluz!

—¿Por qué?

—¡Olvídame, Henry! —dijo gimiendo.

—¿Qué hago con los trozos de la puerta, mami?

—Dáselos a tu tía, Henry. Estoy ocupada.

Me da cada respuesta que te caes de espaldas.

Dejé los trozos en el suelo y me quité los zapatos.

—¡No dejes tus malolientes zapatos por en medio, para que cualquiera se tropiece con ellos, Henry! —gritó la puerta del baño.

O ella o la puerta tenían un supersentido extrasensorial porque, si no, no me lo explico. Olí el olorcito tan rico que subía de mis zapatos, algo que suele pasar desde que hace calor, que es cuando mamá ha empezado con eso de que mis zapatos apestan.

—¡Henry, tijeras! —chilló la puerta del baño.

Miré en la repisa de la cocina, pero ni rastro de las tijeras. Acaricié a Supercushion, mi gata, y empecé a contarle las torturas por las que había tenido que pasar en clase de arte.

La pared me gritó entonces:

—¡Henry, en el fregadero!

Agarré las tijeras que estaban en el fregadero, totalmente pringosas de cola blanca.

—¡Cualquiera pensaría que estás ciego! —gritó la pared.

Mi madre se cree que en casa vive alguien llamado «Cualquiera» del que ella habla todo el rato. Yo nunca le he visto.

Creo que, cuando consiga que mamá vaya a un psiquiatra, tendrá un colapso o algo así y aceptará, por fin, que ese «Cualquiera» es una invención de su fantasía —probablemente se imagina a un fontanero o al director del banco, por ejemplo— y entonces podremos ayudarla a que se cure. Por fin.

Abrí la puerta del baño, pasando por encima de los trozos de madera, y me pegué un golpazo contra la escalera de aluminio que nos había prestado Jill, una amiga de mi madre. Además, el pie desnudo de mamá me propinó un puntapié en la cabeza en recompensa por todos mis esfuerzos. Antes de perder el conocimiento, vi cómo el pie de marras giraba en el aire.

Al volver en mí, seguía agarrado al picaporte de la puerta, mientras mamá se aferraba a la tambaleante escalera igual que los seis gatitos de Supercushion se agarran a los castaños de Indias del jardín. Sus ojos brillaban, como los de la gata, animados por una furia sin igual.

—Tú —gritó—, ¡idiota, más que idiota!

A lo mejor es su modo de ayudar a la gente a que recupere el conocimiento.

Le ofrecí las tijeras.

—¡Que agarres la escalera! —chilló—. ¿Es que no ves? ¿Es que nunca vas a ser capaz de echarme una mano?

Su voz sonaba otra vez como un gemido. Parecida a la voz de la señora Matthews, mi profe, aquella vez que se sentó sobre el cuadro que yo acababa de pintar y que había colocado sobre su silla para que lo viera bien.

—Lo siento, señora Matthews. Digo, mamá.

—No digas que lo sientes, ¡haz algo! ¡Sostén la escalera!

Sostuve la escalera y cerré los ojos; la vibración en la escalera era señal de que la mole de mi madre bajaba por ella.

—Por poco me aplastas —le dije.

—No seas tonto —contestó—. Hace siglos que quería poner cola en la esquina del tragaluz. Se me han quedado los brazos dormidos. ¿Podrías?

Supiré, agarré el tubo de cola y subí por la escalera.

—¿Qué pinta tiene? —me preguntó.

—¿El qué?

—El tragaluz, lelo.

—Pues, no sé, mamá; pero tú tienes un montón de cola blanca en el pelo.

—¿Qué? —chilló despavorida.

Se acercó al espejo, no sin antes pegarle un empujón a la escalera, que se desestabilizó bajo mis pies. ¡Qué canguelo! Y ella chilló:

—¡Rápido! ¡Las tijeras! ¿Dónde están las malditas tijeras?

Bajé.

—¡Corta ya! —chillaba ella.

—Lo siento, mamá —le dije. Fue un reflejo condicionado: cuando dice «corta ya», suele significar que he hecho algo mal.

—¡Lerdo! ¡Que me cortes este pegote de cola!

Bueno, no es nada fácil lograr un corte guay en un cuarto de baño enano y, encima, si el peluquero es más bajo que la clienta, pues todavía peor. Y si la clienta no para quieta, no digamos. Corté un mechón que, mira por dónde, no tenía nada de cola pegada.

—Quieta, mami —le dije, y le corté otro mechón—. Ya lo tengo.

—Menos mal —dijo ella y se fue como una bala a mirarse al espejo. Oí unos rugidos y pude entender lo siguiente—: ¡Monstruo! ¡Has echado a perder mi pelo! ¡Mira!

La miré y, bueno, estaba cantidad de moderna en realidad. Quizá un poco raro en una madre: lucía una cresta en el centro con algunos mechones de pelo más largos a los lados de la cabeza.

—Te queda bien, mamá, y ya no tienes cola. Estás igual que el chaval nuevo de mi clase. Se llama Marvin.

Se puso a botar arriba y abajo como si fuera una pelota y salió del baño de estampía.

—¡Henry! ¡No creerás que voy salir así! —gritó.

—¡Cuidado, mamá! Hay unos clavos que...

—¡Y quita esta leña de aquí!

—Es la puerta, mamá. Son trozos de puerta.

—¡Henry, que ya está bien!

10

Salí corriendo con mi madre pisándome los talones y debo mi vida al hecho de que en ese preciso momento sonara el teléfono.

Me tumbé boca abajo, sobre la hierba, bajo el castaño del jardín de atrás. Supercushion bajó de la plataforma de madera que le he construido en clase de manualidades. Me puse a acariciarla y fui contando hasta mil muy despacio. Supercushion ronroneó y cerró los ojos. Me sonreía.

Mamá chillaba al teléfono; le estaba contando a alguien que la puerta se había deshecho y que había una gotera en el tragaluz. Todas las ventanas estaban abiertas de par en par. En verano la intimidad no existe. ¡Qué desastre!

Luego, el griterío dio paso a unas risitas y, después, a unos sonidos del tipo: ah, ah, ah, mmm... Y, luego, risitas otra vez. Tenía que ser su amiga Jill la que estuviera al otro lado del hilo. Silencio. Sonidos. Risitas. No, tenía que ser John. John es un mecánico que vive en Bunnythorpe, que es uno de los lugares más pequeños del universo. A mamá le gusta John y cuando él viene aquí a pasar el fin de semana, ella hace el tonto todo lo que puede. Además, el hombre la explota. Se quedó con su Mini durante seis meses para hacerle unas reparaciones. Le mandaría a mis abogados, en caso de que los tuviera, pero mamá dice que eso es amor. Te dan ganas de vomitar y todo.

Se rió otra vez y después lanzó un suspiro: «¡Ahhhh!». Menos mal que Joe, el que vive al otro lado de la calle, se había ido a cazar conejos.

En nuestro barrio, como es tan tranquilo, los ruidos se oyen estupendamente. Sobre todo, los que hace mi madre.

Intenté relajarme. Si no aprovechara los pocos momentos de tranquilidad que tengo, en una vida tan caótica como la que llevo con mi madre, sobreviviendo a duras penas en el cole y encima tranquilizando a papá y a Amanda, para que no se crean que sufro porque papá haya dejado a mamá; pues si no fuera por estos momentos, digo, ya tendría yo úlcera de estómago.

Le estuve quitando pelusillas a Supercushion mientras le contaba que la señora Matthews había dejado de darnos clase, por un lado porque el curso casi había terminado y, por otro, porque vamos a pasar a Secundaria. Seguro que, cuando estudie una carrera y me suspendan, será por su culpa, aunque, claro, mi madre dirá que la culpa la tengo yo.

Supercushion ha sufrido un montón de injusticias en la vida, igual que yo. Le quitaron los seis cachorrillos que tuvo y se los repartieron entre las amigas de mi madre. Uno de los gatitos, el que se quedó Joe, el del otro lado de la calle, suele cruzar a menudo y aparece por aquí y va y le escupe a mi madre todo el rato. Se llama Blubberbag.

Me puse a visualizar cosas. Es una técnica, la visualización esta, que aprendí leyendo *El Semanario de la Mujer* en casa de Joe. Decía algo así como que, si te ves haciendo todas las cosas que desearías hacer..., pues que, al final, las con-

sigues. Yo iba mejorando en eso de verme con-
duciendo un Ferrari Testarossa, hablando por mi
teléfono móvil y comiéndome una pizza, todo al
mismo tiempo; aunque, muy a menudo, mi
mente se distraía con cosas más cotidianas, como
por ejemplo, qué demonios iba a hacer yo en
verano, mientras todo el mundo se iba por ahí
de vacaciones.

Mamá colgó el teléfono y salió al jardín.

—John va a venir —dijo—, pero no sólo el
fin de semana, sino hasta Navidades. Me tomaré
unos días libres y nos ayudará a remozar la casa.
En vacaciones.

Me quedé igual. Allí tumbado.

—¿Y bien? —me preguntó ella.

—¿Qué?

—No digas «¿Qué?» con ese tono —se pasó
la mano por el pelo y añadió—: No sé qué voy
a hacer con esto.

—Mamá, ¿eso quiere decir que no vamos a ir
a ningún sitio de vacaciones?

—Supongo que sí.

—Mamá, pero ¿por qué tienes que remozar la
casa? —murmuré con las pocas fuerzas que me
quedaban.

—Bueno, es sólo un plan. La podríamos vender.

—Vender, ¿qué?

—La casa, por supuesto.

Subió los escalones de la parte de atrás, que
también están hechos polvo, y entró. Sentí una

13

desesperación total; sensación, por otra parte, a la que estoy muy acostumbrado. Intenté no pensar en rótulos que decían «Se vende» o en mí caminando con Supercushion en brazos, envuelto en mi edredón. Intenté pensar en algo que pudiera detener a mamá en sus propósitos, pero ¿qué puede hacer un crío como yo?

Pues nada.

Después de una hora de destrozarme el alma, visualizando cómo sería mi vida sin mi dormitorio y sin mi castaño, mamá me chilló como si no hubiera pasado nada:

—¡La cena!

Nunca se me acerca con el menú en la mano, ni se sitúa detrás de mí con un bloc de notas para apuntar qué quiero cenar. No sabe llevar la casa, así que si nos quedamos sin ella, seguro que para mi madre no es ninguna catástrofe.

Entré. Mamá estaba viendo la tele sentada en su especie de saco-sillón. Parecía una tortuga boca arriba, hundida en el asiento y meneando en el aire sus cortos brazos y piernas. Menos mal que no tengo hermanos o hermanas. Prefiero ser yo el único testigo de semejante espectáculo. Estaba viendo las noticias y comiéndose a cucharada limpia algo que parecía engrudo.

—Lo tuyo está en la repisa de la cocina —me dijo.

Una de las razones por las que papá se marchó fue porque no le dejaba ver la tele en la sala. Teníamos que comer siempre sentados a la mesa del comedor. Sin embargo, ahora a mamá le ha dado por ver la tele ahí cenando y, no sólo las noticias, sino también los culebrones y todo lo demás. A lo mejor, a papá le gustaría eso; pero, claro, como ahora vive con Amanda, no creo que los tres pudieran entenderse. Creo que un día que se encontraron, mi madre y Amanda armaron una bronca tremenda.

Estaban poniendo un anuncio estupendo de las líneas aéreas de Nueva Zelanda. Tiene una música que te llena de seguridad. Se ven, además, unas tranquilizadoras azafatas que dan almohadas a los pasajeros, todos ejecutivos, y ponen sus importantes carteras en los compartimentos superiores del avión. Me habría gustado que mamá hubiera estudiado para azafata: estaría mucho mejor preparada para ser una madre.

Me senté detrás de ella en el único sofá que tenemos. Sentarme fue una proeza que demuestra todas mis dotes de coordinación. No dejé caer ni un gramo de la carne picada. Tampoco choqué con ningún mueble, y todo ello sin apartar los ojos de la tele, porque ponían algo asombroso.

Un político estaba contando que el año anterior habían emigrado veinticinco mil neozelandeses, lo que equivale a toda la población de la ciudad de Timaru. La cosa parecía deprimirle y no entiendo por qué. Era la demostración de lo efectivo que es el anuncio de las líneas aéreas. Si no desapareciera Timaru, las líneas aéreas neozelandesas no podrían pagarse el anuncio, ¿a que no? Luego, el político dijo que no era que desapareciera Timaru, sino que lo que desaparecía era «la flor y nata de nuestra juventud». Lo llamó «Fuga de cerebros». Me levanté.

—¿Qué quiere decir con eso de «Fuga de cerebros»?

—Bueno, eso, que se van del país los que tienen más cerebro, los más listos.

—Pero... pero ¡no me lo habías dicho nunca!

Jamás había pensado que los países fueran como los trajes —unos guay y otros no— y que Nueva Zelanda fuera la nada. Que toda la gente chachi, los más jóvenes y los más listos, se largaran de aquí. Nadie me lo había contado. Me quedé en estado de *shock*.

Me largué a mi cuarto, que en tiempos de crisis es también mi despacho. Gente menos brillante que yo habría caído en la desesperación, pero yo conseguí reaccionar como cualquier genio de las finanzas. Hice un exhaustivo recuento de todos los problemas de mi vida, que daban vueltas en mi cabeza como moscones; hice un paquete mental con ellos y los proyecté hacia el futuro. Lo que se llama programación.

Estaba claro que todos los problemas de mi vida podían solucionarse con un plan. Mi madre, mi propia madre, iba a vender nuestra casa, expulsándome de allí. Iba a ser un sin-techo. No podía evitar que vendiera nuestra casa, pero podía detenerla en su intento de que yo acabara siendo un chico de la calle. Podía emigrar. Engrosaría las filas de los de la fuga de cerebros y entraría a formar parte de la *jet-set* internacional.

El único obstáculo, aunque no muy importante, era que necesitaba el dinero del pasaje. Me vino a la cabeza una visualización sobre cómo robaba yo la Caja Postal de mi barrio, pero no me pareció que fuera positivo para mi futura carrera el tener un pasado como ladrón de bancos. Así que pensé intensamente y la respuesta me llegó de inmediato: «Busca trabajo». La pregunta era: ¿Tenía yo la suficiente categoría intelectual y tal y tal como para entrar en la clase de los de la fuga? Pues claro que sí. «La flor y nata de nuestra juventud», eso es lo que había dicho el de la tele. Total: mi caso.

2

En uno de los números de *El Semanario de la Mujer* que estuve leyendo en casa de Joe decía que, si quieres hacer algo en esta vida, tienes que proponerte metas. No metas de verdad, como en el campo de juego, sino simbólicas. Yo me había propuesto dos metas para el día siguiente. Una era que Marvin me dejara sus rotuladores nuevos para escribir un anuncio pidiendo trabajo y, la otra, poner el anuncio en el tablón de anuncios del centro comercial.

Viernes, 25 de noviembre

Ganarme a Marvin, el chaval nuevo, no me fue difícil. Nos hicimos amigos en clase, porque nos sometieron a esos ejercicios de comunicación totalmente antinaturales para hablar del tema de las vacaciones, en el que debíamos hablar todos por turnos.

Gavin fue el primero. Porque sacó pecho, miró a la profe y miró por la ventana. Y, siempre que hace eso, la profe le dice que empiece él. Y él dijo: «¿Quién, yo?», haciéndose el longuis cuando en realidad lo estaba deseando. Explicó que él y toda su familia se iban a Australia. Que tenían parientes por allí y que pensaban hacer mogollón de compras en Sidney.

—Bueno —dijo la profe—, pues si eso os divierte...

Le había dado por sentarse sobre la tarima y balancear las piernas en esa posición. Ella dijo que se iba a South Island con su marido. ¡Jo, imagínate al marido de la Matthews! ¡Qué raro! ¿Cuándo tendrá tiempo de estar con él, si está siempre metida en el cole? De todos modos, me imagino que eso de balancear las piernas era un modo de entrenarse para hacer ejercicio en South Island.

Entonces, Rachel dijo que ella iba a ir al lago Taupo donde su padre pescaba unas truchas enormes y, luego, se las comían a la brasa. Y que el sol se ponía detrás de las montañas.

—Muy bonito —alabó la profe, como si hubiera hecho una redacción o algo así.

Después, se lo preguntó a Perky, que es una chica que si no le preguntas nunca dice nada, y dijo que no iba a ningún lado. Perky es como una radio. La tienes que encender para que se ponga en marcha. Llevaba toda la vida en mi clase, pero no sé por qué empecé a fijarme en ella en aquel momento.

Gavin le preguntó que por qué no iban a ningún sitio y ella no hizo más que sonreír. Yo le dije:

—¿Estáis de obras en casa? —quise ser amable porque me sentía fatal allí, en clase, pensando en que yo tampoco iría a ningún lado y en lo que iba a decir cuando me tocara el turno.

Ella me contestó con un aire de lo más tieso:

—No. No tenemos dinero para eso.

Me hizo sentir totalmente culpable.

La gente se aburría un montón. La profe no dijo nada y hubo como un silencio la mar de raro. Perky, que parecía un erizo, estaba más y más avergonzada también. Obviamente no tenía una personalidad estable.

Entonces el chaval nuevo, Marvin, dijo que él tampoco iba a ningún lado, porque él y su familia acababan de llegar a Wellington. Todos nos reímos, y la profe venga a balancear las piernas, toda contenta, jugueteando con un trozo de tiza.

—Muy bien —le dijo—. Eso es muy sensato.

Y eso que yo creo que no le cae bien, porque cuando el dire lo trajo a clase, ella le soltó:

—Pues vaya tontería. Sólo por tres semanas...

Perky le lanzó una sonrisa a Marvin. Yo estaba superconcentrado en mirar a Perky y observar su sonrisa, que era preciosa para ser la de un erizo, así que cuando la profe dijo que a ver qué pasaba conmigo, pues me puse colorado como un tomate.

Fue uno de esos horribles momentos en los que tienes que optar por contar una mentira o por decir la verdad pura y dura. Mentir es más fácil, pero ya que yo llevaba con el mismo grupo de chavales casi siete años, desde que tenía cinco,

20

y como ya no veía a muchos de ellos el año próximo porque iríamos a diferentes institutos, pensé: «Pues, bueno, os voy a contar algo sobre Henry, que os costará olvidar». Y les dije:

—Yo no me voy a ningún sitio. Voy a trabajar estas vacaciones para ganar lo suficiente para emigrar y formar parte de la fuga de cerebros.

Algunos chicos gimieron. Marvin dijo «¡Guay!» y yo miré al techo. Sonó la campana para ir a comer y, como Marvin me estaba haciendo muecas, comimos juntos. Me rehíce del mal rato pasado bastante rápidamente. Sabía que ahora todo iba a ir muy bien, porque Marvin me iba a dejar sus rotuladores. Sí, ya sé que era un logro muy pequeño, pero hizo que me sintiera seguro de mí mismo. De ahora en adelante todo iba a ser tan fácil como bajar cuesta abajo en bici.

Tuve razón en una cosa: en que fue cuesta abajo.

El problema fue que Marvin se sentó a la derecha de Perky en la mesa en la que comimos. Yo no estaba muy seguro de si ella pertenecía a nuestro grupo o de si estaba solamente sentada a nuestro lado. Pero de lo que sí estaba seguro es de que estaba al loro.

Marvin traía empanada; me comí la mitad del relleno porque se lo cambié por mi plátano. Le dije que cualquier idiota podía ganar mogollón de dinero con sólo proponérselo. Una vez que yo tuviera mi billete para emigrar, que sería más o menos por Navidades, empezaría a hacerme con mi primer millón de pavos.

Marvin dijo que «¡Guay!».

Empecé a notar unas ondas negativas que venían directamente de Perky. Era como estar sentado junto al agujero de ozono.

—Sólo falta un mes para Navidades, ¿sabes? —dijo.

—¿Y eso?

—Pues que no es tan fácil obtener un trabajo.

Marvin y yo nos la quedamos mirando. Qué sabría ella de la vida.

—Me apuesto a que no has trabajado nunca —comenté.

—Vendo periódicos —me contestó ella.

—Bueno —le dije yo—, eso lo hace cualquiera. Es trabajo no cualificado. Yo me refiero a un trabajo de verdad.

Ella se agarró las rodillas con los brazos, y su cara pareció, de repente, una persiana bajada. Igual que un erizo.

—Lo que yo hago es trabajar de verdad. Idiota —me dijo.

No le hice ni caso. Obviamente es una de esas chicas que de mayor será igual que mi madre. Nunca te escuchan.

Me dirigí a Marvin. Es muy fácil hablar con él porque nunca dice nada. Le empecé a explicar lo de la emigración y lo de los diferentes tipos de personas que se apuntan a eso. De pronto, me di cuenta de que Marvin y Perky se miraban el uno a la otra, como si no se creyeran nada de lo que yo decía y como si ambos supieran, sin habérselo dicho, que ninguno de los dos me creía. Me sentí tan incómodo que paré de hablar inmediatamente.

Perky dijo:

—Como eres muy bueno apostando, te apuesto a que no eres capaz de emigrar antes de Navidades, ¡bocazas!

Marvin añadió:

—Eso.

—Te apuesto a que sí —contesté yo.

—Vale —dijo ella—. Si no lo consigues, me darás todo lo que hayas ahorrado. Y si lo consigues, te daré mi paga.

—Oye, tú —le dije yo—, ¡espérate un minuto! Para entonces a lo mejor he ahorrado ya unos mil dólares y me apuesto a que tú no llegarás ni a los cien.

Ella gritó:

—¿Ah, sí? O sea, que reconoces que a lo mejor no tienes lo suficiente para Navidades.

—No, señora; nunca...

—Vale. Que sean cincuenta dolares —dijo Perky—. Me pagas cincuenta dólares si no te has ido al otro lado del océano en estas Navidades, y yo, otros cincuenta si lo haces.

—Vale —le grité yo. Nos dimos la mano y Marvin hizo de testigo. No firmamos con nuestra sangre por si acaso teníamos sida.

Después, estuvimos por allí sentados al sol un rato largo. Por lo menos Marvin y yo. Me di cuenta de que Perky miraba en dirección a los sándwiches que yo llevaba en una bolsa de plástico. Ni siquiera tengo una tartera como es debido.

—¿Quieres uno? —le dije. Porque me pareció que la había herido en sus sentimientos y si me tenía que pagar cincuenta dólares sería mejor que cuidara de mi inversión, por si las moscas.

Perky parecía haberse encogido. Yo había leído algo en *El Semanario de la Mujer* sobre las niñas que no comen y que se van quedando reducidas a la nada. No me daba la gana de que hiciera tal cosa, justo sentada en el banco a mi lado. Además, como mis sándwiches eran de queso, se habían quedado hechos un asco por el calor. Repugnantes.

—Son de queso de untar —le informé.

—Gracias —dijo y cogió uno. Le dio un mordisco, lo miró por dentro y sonrió.

—Toma uno de los míos —me ofreció.

Cogí uno, lo miré y vi que también era de queso y que se había quedado seco por el calor.

—Rico, ¿eh? —preguntó ella.

—Igual que el mío.

—No —dijo Perky metiendo la bolsa de plástico en su astrosa mochila—. El mío tenía costras con pus —y se marchó sin mirar hacia atrás.

Estuve enfermo el resto de la tarde, así que

no pude redactar mi anuncio. Le dije a Marvin que lo hiciera por mí y dibujó unas letras muy gruesas que coloreó con sus rotuladores nuevos. Es que yo había pensado que los recién llegados siempre tienen rotuladores recién comprados. Y estaba en lo cierto.

Dijo que me acompañaría a colgar el anuncio después del colegio. En la clase de lectura siempre nos sentábamos juntos y teníamos que simular que leíamos en silencio para así poder hablar bajito, pero ese día nos cambiaron la lectura por la clase de canto. Así que tuvimos que sentarnos chico/chica/chico/chica. Nunca me había fijado en las rodillas tan raras que tengo. A mí me parece que no son normales. Tienen bultos.

Después, teníamos que haber tenido matemáticas, pero la profe se tiró media hora hablando de lo que debíamos ponernos para la fiesta de final de curso. Empezó a hablar de camisas blancas y de corbatas. No tengo ninguna de las dos cosas. No sabía qué rayos iba a hacer. La profe preguntó si queríamos hacer alguna pregunta. A mí me parece que quería saltarse la clase de matemáticas entera. Probablemente porque no tiene ni idea de cómo funciona el denominador común. Si yo no consigo ser un hombre de negocios como es debido, será por no haber entendido eso. Toda la culpa será suya.

Después, Rachel preguntó:

—¿Nos sacarán fotos?

Entonces, la profe dijo que seguramente no habría ningún fotógrafo profesional porque costaba muy caro. Y como vi que tenía una oportunidad de oro, levanté la mano.

—Yo soy fotógrafo profesional —dije—. Puedo sacar las fotos.

Todo el mundo empezó a chillar, pero la señora Matthews continuó sonriendo. Llevaba una semana entera sonriendo. Dijo que nadie me impediría sacar fotos, pero que no serían oficiales. Pues me parece muy bien. Si cada uno compra una, la suya, y a lo mejor otra con sus amigos, y si yo les cobro un poquito más por mis servicios profesionales, pues serán mis primeros dólares para la operación «Fuga de cerebros».

Como estaba a punto de acabarse el curso, todo el mundo se pasaba las direcciones y los teléfonos. La persona cuyos datos estaban en la parte superior del papel era a quien pertenecía la lista. Puse mi dirección en el papel de Perky porque me había pasado toda la tarde pensando en ella y había llegado a la siguiente conclusión: alguien que sabe de apuestas y es capaz de decir cosas tan horribles como las que ella había dicho tiene que estar bien, si la coges por el lado bueno. Así que puse «Costra», en vez de mi nombre; pero, en cambio, sí que escribí mi dirección de verdad.

Por fin tocó la campana y Marvin y yo fuimos a colgar el anuncio al centro comercial. Quedaba muy bien. Le habíamos puesto un marco dorado que lo hacía muy atractivo. Luego pensé que era mejor poner el número de teléfono de papá y de Amanda porque iba a pasar con ellos todo el fin de semana. No hacía muy bonito porque lo escribí con bolígrafo, pero el resto quedó chachi:

NIÑO POBRE NECESITA TRABAJO.
SOLAMENTE SI ESTÁ BIEN PAGADO.
BUENO COMO FOTÓGRAFO, CORREDOR
DE BICI Y VIAJANTE.
TELÉFONO 738 54 32
(PADRE 892 34 51)

Mi carrera había empezado.

3

Pasé el fin de semana con papá. Vive justo al otro lado de la ciudad, así que no pude evitar la tentación de ir, una y otra vez, en la bici, a comprobar si el borde dorado de mi anuncio desaparecía o no del centro comercial.

Me comprometí conmigo mismo a que aguantaría el espanto del fin de semana con Amanda. Es que quería pedirle un favor. Amanda tiene una cámara de fotos con flas y se me había ocurrido que me sería muy difícil trabajar de fotógrafo profesional sin tener una. Así que decidí preguntarle el sábado por la noche si me la podía prestar. Se suponía que íbamos a tener una cena especial, no sé por qué razón, así que supuse que estaría de buen humor.

Fui a la cocina a ver qué pasaba.

—¿Quieres dejar de hacer ese ruido? —dijo ella.

—Son mis tripas. No puedo hacer nada para remediarlo. Es el hambre.

Faltaban dos horas para la cena. Amanda estaba cortando tomates con cara de ser la asesina del hacha. Estaba claro que no era buen momento para pedirle un favor. Es cosa sabida que los adultos se empeñan en cenar muy tarde en verano y que los niños andamos todos medio muertos de inanición.

Me fui a mi cuarto con los ojos cerrados, utilizando los ruidos de mi estómago como localizadores de posición. Igual que los delfines. Bueno, en realidad no es mi cuarto. Ellos lo llaman «... el cuarto de huéspedes, ejem, digo el de Henry».

Tiene un armario viejo que por dentro huele fatal. Hay una mesa, una silla y una cama. Eso es todo. Me apuesto a que hasta los reclusos tienen mejores cuartos en la cárcel. Y, además, les dan la cena a sus horas.

—Henry, la cena. Date prisa —Amanda parecía mi madre. Luego dijo—: Y, oye Henry, deja tus malolientes zapatos en el armario.

A lo mejor, copiaba a mi madre, a propósito, para que me sintiera más en casa. Decidí mostrarme lo más encantador posible, a ver si me dejaba su cámara de fotos. Pero ella comenzó a darle el rollo a papá porque no cocinaba los días que le tocaba, así que tampoco era un momento oportuno. Papá dijo que iba a poner la mesa a lo grande. Así que puso una planta enorme, de esas que tienen las hojas rojas. La maceta tenía una cinta roja alrededor y como la puso justo en mitad de la mesa, pues no veías nada.

Nos sentamos. Me pareció que era mejor no preguntar sobre la cámara. Si alguna vez has comido una pizza hecha en casa, con queso fundido por encima, sabrás que comértela e intentar hablar al mismo tiempo es físicamente imposible. Le di un mordisco a la pizza y la aparté de mi boca para ver hasta dónde llegaban las tiras de queso fundido.

—No hagas eso, Henry —dijo Amanda.

Seguimos haciendo esfuerzos por comer aquello, como si fuéramos ciempiés comiendo hojas cubiertas de pegamento.

—Bueno, ¿qué aires soplan a barlovento, Henry? —me preguntó papá de repente.

Como conozco a mi padre desde hace mucho más tiempo que Amanda, no me costó mucho entenderle. A lo mejor era una oportunidad para hablar de la operación «Fuga de cerebros» y, después, poder hablar del tema de las fotos; pero tenía que ir suavemente. Le empecé a contar que todo el mundo se iba de vacaciones y que algunos, hasta al otro lado del océano.

—Es verdad —reconoció él—. Es la época en la que tengo más trabajo. Todo el mundo quiere tener el coche en condiciones para ir por ahí en Navidades.

—Bueno, a lo mejor te puedes coger una semana de vacaciones este año. Me gustaría tener un descanso decente en verano —propuso Amanda.

Se lo dijo mirándole fijamente y tiesa como un palo. A lo mejor, estaba de parte mía. Nunca se sabe con ella. Algunas veces tiene muchas ganas de echarme una mano y otras me odia. Pensé que quizá mis oportunidades aumentaran si la apoyaba en aquella ocasión.

—Amanda tiene razón, papá. La verdad es que no serías un padre como es debido si no me llevaras a Disneylandia al menos una vez, antes de que sea demasiado viejo para apreciarlo o para conseguir una entrada a mitad de precio —le dije.

Amanda debió haberse tragado un trozo especialmente difícil de pizza —sería una anchoa probablemente— porque se le quedó la cara torcida y llena de bultos.

Papá puso una cara muy rara también. Quizá se le fue una aceituna por mal sitio, no sé. Después, miró a Amanda y dijo que a lo mejor se podría coger vacaciones, pero que eso lo hablarían más tarde. Yo le dije que, en vez de haber hecho una pizza casera, lo podrían haber discutido fuera y podríamos haber comido pescado frito con patatas fritas al volver de comprar los billetes de avión. Entonces, él dio un puñetazo en la mesa y me dijo que me callara, que es lo que pasa siempre cuando le ofrezco soluciones para sus problemas.

Con verdadera maestría deslicé un trozo de queso por mi garganta e intenté hacer sonreír a Amanda. Le dije que era una pizza buenísima. Pero ella ni siquiera hizo un amago. Entonces, les dije que las vacaciones me importaban un pimiento porque había decidido ganar mucho dinero y emigrar.

—¿Qué quieres decir? —preguntó ella.

Ambos me miraron. Les había impresionado. Generalmente, cuando yo hablo se miran entre ellos o, algunas veces, Amanda mira a papá y papá me mira a mí por los dos.

Aproveché el momento y les lancé un discurso. Tengo que ensayar esta técnica si quiero hacer carrera. Así que me tragué de golpe los trozos restantes de pizza y les dije:

—Me voy a pasear por Wellington en vacaciones ofreciéndome a cualquiera que quiera utilizar mi gran intelecto y mi vasta experiencia.

—Pero ¡si tú vives aquí! —dijo Amanda. Es estúpida. Ahora entiendo por qué mamá la encuentra insoportable.

—¿Qué tipo de trabajo estás buscando? —preguntó mi padre.

Le dije que estaba dispuesto a pasear perros de raza, cuidar caballos, llevar paquetes urgentes, servir como vigilante en las casas de la gente guapa para que no les roben, salvar a niños en dificultades, por ejemplo de la copa de un árbol o de la punta de una roca. Servir en cafeterías selectas o en tiendas de ordenadores, etcétera... etcétera... También le conté que había puesto un anuncio.

Fue asombroso. Hasta se olvidaron de la pizza. Papá dio un salto y se levantó de la mesa, sin siquiera decir «permiso», y dijo que llamaría a su viejo compinche Bill, de profesión farmacéutico, que le debía no sé qué favor. Y se fue a hablar con el tal Bill, mientras Amanda miraba con cara ácida la asquerosidad que quedaba en los platos de la mesa.

Se acercaba el momento de pedirle la cámara. Le haría la pelota un ratito más todavía.

—Quédate aquí, Amanda. Ya lavo yo los platos —me ofrecí amablemente.

—Bueno, pero si lo haces, hazlo bien. Con agua caliente y jabón.

Enternecer a Amanda iba a ser más difícil que arrancar un chicle del cemento recalentado de la piscina.

Cuando llené la pila de agua hirviendo y tiré el jabón, que soltó muchísima espuma, ella se vino a la cocina y se quedó mirándome con los brazos cruzados. Y yo venga a rascar los pegotes de queso y los trozos de tomate de los platos, preguntándole cosas sobre su trabajo, que es aburridísimo. Amanda es asistenta social y visita a la gente para ver si sus casas son apropiadas para tener a sus niños allí. De todas formas, a mí me parece que no está nada preparada para ese trabajo. Entonces, cogió el trapo de secar los platos, con el lema «Salvar a las ballenas», que le regalé yo por su cumpleaños y yo pensé: «Ahora o nunca».

—Oye, Amanda.

—¿Sí?

—¿Me podrías dejar tu cámara de fotos, por favor?

—Bueno, la verdad es que había pensado que tú nos sacaras una foto a tu padre y a mí.

—¿Por qué? —le pregunté.

—Bueno, por nada —dijo ella que no hacía más que secar el mismo plato todo el rato hasta sacarle brillo—. Es que es nuestro aniversario —añadió después.

—¿Aniversario de qué? —pregunté haciendo como que estaba muy interesado.

—De nada —respondió. Y metió de golpe el plato en el armario.

—Pues, vale, os saco la foto, Amanda —le dije haciéndome el simpático.

—Vale, gracias —contestó y entonces empezó a darme el rollo con lo de la fotografía—. Tienes que entender, Henry, que las cámaras son como los ojos, pero hechas especialmente para sacar fotos.

Si yo no fuera tan fuerte como soy, me habría muerto del aburrimiento; pero hice un esfuerzo y conseguí poner cara de interés y gratitud a la vez.

Entonces, llegó papá y la relevó en su tarea de secar los platos. Me dijo que me había buscado un trabajo: entregar los encargos de la farmacia a gente mayor que ya no podía moverse de sus casas.

—¡Genial! —dije yo.

Después de que Amanda preparara la cámara de fotos y de que yo les fotografiara —una foto realmente idiota—, llamé a mi madre por teléfono, a ver si había novedades sobre mi anuncio. Me dijo que Joe, el del otro lado de la calle, quería que le pasara la cortacésped. También Jill, que es una amiga de mamá, había visto el anuncio y le había llamado para preguntarle si yo sabía planchar, a lo que mamá respondió que no, pero le dijo que podía aprender.

—Pero, mamá —dije—, ésos no son trabajos de verdad.

—¿Por qué diablos no van a serlo? —me preguntó ella.

Después de todo lo que yo le había dicho a Perky, era necesario que encontrara trabajos mejores.

—Escucha: yo sí que tengo un trabajo de verdad. Empiezo el lunes en la farmacia.

No pareció excesivamente contenta. Le pregunté si me iba a comprar un traje para la primera entrevista y me dijo:

—Henry, espero que nunca en tu vida tengas que usar un traje —lo cual indica que tiene muy pocas esperanzas en mí, claro.

Era deprimente. Pertenecía a la flor y nata de la juventud de Nueva Zelanda, pero tenía una familia que no era capaz de reconocerlo. Si no conseguía largarme, acabaría como un yogur olvidado en la parte de atrás del frigorífico. Caducado y totalmente maloliente.

Necesitaba hablar con alguien. Con Marvin era imposible porque para entenderle tienes que fijarte en cómo mueve las cejas. Definitivamente, es un hombre no verbal. Decidí llamar a Perky, ya que tenía su número de teléfono por lo de la lista del cole. Además, como iba a ser ella la que iba a perder cincuenta dólares, pensé que tenía que ser la primera en saber que había conseguido un trabajo.

Contestó al teléfono un crío y pasaron años hasta que se puso Perky. En retaguardia se oía mogollón de ruidos y una mujer gritó: «¡Papá está intentando dormir!», lo que me pareció rarísimo porque eran sólo las nueve. Por fin se puso Perky y se asombró muchísimo de que fuera yo. Dijo que pensaba que era Marvin, lo que no fue un comienzo muy feliz. Cuando le conté lo de mi trabajo, contestó como la profe. Dijo:

—Pues, si te gusta a ti...

Le pregunté que qué hacía y me dijo que estaba metiendo a los críos en la cama, justo cuando yo la había llamado. No era la cálida y educada conversación que yo había esperado. Le conté lo de la cámara de fotos y, después, le pregunté:

—¿Qué te vas a poner el lunes?

Ella dijo:

—¿Mi falda verde o mi falda verde?

Pensé que no valía la pena ser amable con ella. Luego, me colgó el teléfono y me pareció que mi oreja se volvía del tamaño de la campana del cole.

Domingo, 27 de noviembre

La noche del domingo papá me dio cinco dólares. Como quería que estuviese a salvo de ladrones de bancos y de las posibles bajadas de la bolsa, decidí ponerlo en una cuenta en la central del Banco de Nueva Zelanda. Era mi primer dinero para la operación «Fuga». No había sido un dinero fácil de ganar: tenía que mantener felices a papá y a Amanda, además de escuchar la historia completa de la fotografía que tendría que oír de cabo a rabo.

Lunes, 28 de noviembre

En el recreo saqué fotos a todos los de la clase. Uno de la clase, Gavin, salió en las fotos de todas las chicas. No me había dado cuenta de que resultara tan atractivo. He leído en *El Semanario de la Mujer* que eso del atractivo es un aura que alguna gente tiene. A lo mejor, si le observo muy de cerca, me daría cuenta de lo que es exactamente. Pero si para «ser atractivo» hay que tener lo que Gavin tiene, no me da ninguna envidia.

Perky es demasiado roñosa para hacerse una foto, pero yo no tenía la intención de dejar a nadie fuera. Cuanta más gente, más posibilidades tendría de ganar dinero. Así que le saqué una foto cuando iba al lavabo de las chicas y otra cuando salía. Por la tarde sólo me quedaban dos fotos. Decidí que las iba a guardar para sacar dos fotos sorpresa de cualquier acontecimiento del que fuera testigo.

Fue una de las decisiones peores de mi vida.

4

EMPECÉ a trabajar para el farmacéutico. Iba después del cole, así ahorraría dinero para poder emigrar. No me hizo ni una entrevista ni nada. Lo único que dijo fue:

—Empiezas ahora —y yo lo hice.

Lo primero que tuve que hacer fue vaciar la basura en un contenedor muy grande. En la basura encontré una botella de perfume para mujer de la marca *Probador* y otra de una loción para después del afeitado, también *Probador*. Me las metí en el bolsillo y pensé que se las regalaría a papá y a Amanda en Navidades.

Después, tuve que llevar una droga milagrosa a alguien muy enfermo. Me habría gustado tener un uniforme y una sirena en mi bicicleta, pero como era sólo mi primer día, me callé. Ya se lo propondría al día siguiente.

No era nada extraño que la paciente no pudiera moverse de casa. Cualquiera, absolutamente cualquiera que no fuera un atleta olímpico, estaría confinado de por vida viviendo en la casa donde ella vivía. Tuve que subir una colina tan empinada que debí levantarme del asiento de la bici y meter la primera, e, incluso así, llegó un momento en el que tuve que bajarme y empujar. Y cuando llegué, tuve que descender veintitrés escalones de madera que estaban hechos polvo hasta llegar a la casa. La ancianita aquella debía de tener unas piernas de niña antes de ponerse enferma.

La verdad es que ese trabajo habría estado bien para cualquiera que viviera en otra ciudad, pero Wellington, que es donde yo vivo en Nueva Zelanda, no es una ciudad cualquiera. Todo son colinas empinadas. Si la plancharas, seguramente sería mayor que Nueva York, pero a nadie se le ocurrirá algo tan genial, puesto que ya sabemos que todos los cerebros del país emigran a países más llanos.

Mientras hacía esfuerzos por llegar a la cima de la colina, veía manchitas negras flotando en el cielo. Cerré los ojos e imaginé que las manchitas eran monedas de veinticinco que bajaban a cámara lenta, cayendo boca abajo de una bolsa abierta, y que lo estaba viendo en la pantalla de un ordenador encendido. Cuando caía una moneda, salía otra inmediatamente después.

La paciente no me pareció que estuviera entre la vida y la muerte. Cogió el paquete, se empezó a reír y me dijo:

—Soy la vieja señora Young, ji ji.

Y me dijo que entrara. Su cocina estaba hecha un desastre, pero no dijo eso que dice mi madre cuando llegan visitas: «¡Ay, perdone el desorden!», sino que cogió un tarro y me pidió que lo abriera. Yo empecé a darle vueltas a la tapa todo lo fuerte que pude, pero no se abría. Era por el sudor. Me lavé las manos en el fregadero, que estaba lleno de platos sucios.

—¿Tiene una toalla? —le pregunté.

—Toma —me pasó una especie de blusa que sacó de una pila de la cocina.

Lo conseguí. El frasco se abrió y ¡estaba vacío!

—¡Maldición! —dijo ella— No es mermelada.

Y entonces empezó a hablar y hablar. Me contó lo del funeral de su marido, cómo lo había pagado, lo bonito que quedó todo y cómo su hija había venido de Australia para verlo. Y después me contó también cómo vivía la familia de su hija, y durante todo ese rato no paró de darme cosas de la repisa para que las pusiera en lo alto de las baldas.

—Pon las etiquetas de frente, que, si no, no las veo —me dijo.

Empezaba a ponerse autoritaria y yo no sabía cómo largarme de allí y, encima, me di cuenta, en ese mismo momento, de que estaba trabajando sin cobrar. Y entonces le dije que me tenía que marchar a no ser que me pagara por mis servicios.

—¡Ah! —me dijo entonces misteriosamente—. Es que creí que eras del departamento.

—Pues, no —le informé—. Me mandan de la farmacia —y por segunda vez puse el paquete en sus manos.

—¡Huy! ¡Cuánto lo siento! —exclamó riéndose—. Has sido muy amable. A ver si vuelves pronto.

Cuando bajaba la cuesta como un rayo, pasé al lado de Perky, que venía en dirección opuesta empujando su bici. Me paré de golpe porque, después de múltiples ensayos, me paro muy bien de golpe y quería impresionarla, pero por poco me estampo en su rueda delantera. Puso una cara muy rara.

—Lo siento. Perdona —le dije—. ¿Qué haces por aquí?

—Entrego los periódicos —me contestó.

—Pues yo vengo de entregar uno de los paquetes de la farmacia.

Entonces, la expresión de su cara cambió de repente y me dijo:

—Es fenomenal que hayas encontrado un trabajo, Henry. Perdona que por teléfono estuviera tan antipática.

¡Vaya sorpresa! Era como si un glaciar se deshiciera a mis pies.

—Vale —contesté—. Oye, qué temprano se va tu padre a la cama, ¿no?

—Es que está enfermo.

—¿Qué le pasa?

—Que tiene cáncer.

Me quedé sin saber qué decir. Pero tenía que decir algo, porque ese tipo de conversación tiene que tener un final como es debido. Así que le pregunté:

—¿Es contagioso?

Me contestó que no. Y se volvió a convertir en un erizo punzante y cortante.

Entonces, le dije:

—Tienes que poner cachas como yo. La cuesta me la hago en bici, ¿sabes?

—¡Cualquiera puede hacer eso con una bici como la tuya! —me respondió con cara de ogro.

—Vale. Sólo quería ayudarte. Tendrías que tener una bici mejor.

Y me largué, después de hacer una pirueta

verdaderamente asombrosa. La verdad es que Perky tiene bastante mal genio.

Después, tuve que lavar botellas en el fregadero que está en la parte de atrás de la farmacia. Lo llené todo de pompas de jabón y estuve visualizando montones y montones de monedas de veinticinco que flotaban en la habitación como si fueran gimnastas de la tele. El farmacéutico me dijo que, después de pagados los impuestos, mi sueldo sería de dieciocho dólares con cuarenta a la semana. También dijo que ya era hora de irse a casa y que me diera prisa con las botellas. No sé cómo se pensaba que podría lavarlas más aprisa, pero bueno. Me fui a casa hecho polvo. Estoy seguro de que los abogados importantes y los hombres de negocios no están tan cansados cuando terminan su trabajo y dejan sus sillones de cuero. Ojalá aquel trabajo me llevase directamente a un sillón de cuero.

Fui a casa y cada pedalada era un cansancio total. Visualicé en mi cabeza a la persona llamada Madre que me esperaba en la puerta de casa ofreciéndome una limonada y una tarta de fresa recién salida de la pastelería. No había visto a esa persona desde el viernes por la mañana.

De pronto pasó algo terrible. Algo así como lo que les sucede en una vieja película del oeste a los indios americanos. Por un momento me pareció que el sol se había precipitado en medio de nuestra calle, pero no. El sol estaba en su sitio, detrás de mí, al nivel de los techos de las casas, como de costumbre. ¿Era una explosión nuclear? Pues tampoco. Era algo que atraía poderosamente los rayos del sol. Bajo el resplandor sólo pude ver una matrícula. ¿Era la carroza de Cenicienta? ¿Algo así como el carruaje de Lady Di cuando se casó con el príncipe de Inglaterra? ¿Tendría lugar en nuestra casa una boda real y yo sin enterarme? Dejé mi bicicleta de mala manera a la entrada del jardín y caminé sin miedo hacia el resplandor, situándome entre «aquello» y los largos rayos del sol del atardecer.

Entonces lo vi. Vi lo que era el resplandor. Era un Mini dorado que casi me ciega. Y con los asientos delanteros recubiertos de piel de cordero. Joe, el del otro lado de la calle, que había ido a comprar el periódico, también se había quedado absorto contemplándolo.

—Caray, ¡qué finura! ¿Verdad? —me dijo.

Se vino hacia donde yo estaba y observó detenidamente la estatuilla dorada que tenía delante, sobre el radiador; era una cabeza femenina.

—Bueno, Henry —me preguntó—, ¿cuándo vas a cortar el césped de mi jardín? ¿Por qué no vienes y nos tomamos una taza de té juntos?

—Sí, hombre, claro —le contesté apoyándome en la asquerosa puerta de nuestra asquerosa valla. Las piernas no me sostenían.

Después, me pareció ver algo raro en la ventana trasera del coche. Me acerqué y era una pegatina, ¡oh, Dios mío!, con un corazón enorme y un rótulo que decía: «¡Cuidado! Novios a bordo». Me puse colorado como un pimiento. ¿Y si Joe lo hubiese visto?

Entonces, oí un ruido. Pum catapúm catapúm. Era un ruido que venía de la casa. La casita en

la que siempre he vivido, desde que tengo re-
cuerdos. Eso quería decir que John estaba allí y
que yo llegaba justo a tiempo de despedirme de
mi hogar, antes de que lo demoliera definitivamente.

Pensé que, tras la demolición, diría adiós con
la mano a mamá y a John y ellos saldrían en el
carruaje real, mientras yo me quedaba sin hogar
en medio de la carretera.

5

ME encaminé por el sendero del jardín, pasé junto a los contenedores de basura y di la vuelta a la casa. Me quité mis zapatillas de deporte, lo más lentamente posible, en el porche de atrás. Una de las latas de que John estuviera por ahí era que no podía quitármelas, darles una patada y entrar en casa. Tenía que renunciar a mi perfecta técnica de llegar a toda pastilla, lanzar las deportivas por el aire y entrar en casa, todo sin disminuir mi velocidad de crucero. Con él en casa no lo podía hacer, porque siempre sentía que debía avisar de que llegaba. Como si estuviera interrumpiendo algo todo el rato. Una sensación que no tendría en un hotel allende los mares. ¡Por fin! Saldría del ascensor y entraría en mi cuarto dejando mis zapatos en el umbral. Todo a la vez.

Puse mis zapatillas juntas, bien colocadas. Justo entonces, va y sale John cargado con algo que parecía ser un trozo enorme de la pared de mi dormitorio. Bajo su peso, John andaba doblado en dos y resoplando montruosamente. Era mi pared. Efectivamente. Tenía un dibujo mío a bolígrafo.

John dio un puntapié a mis zapatos, arrastrando los pies trabajosamente bajo su carga, y bajó los tres peldaños carcomidos que le separaban del jardín. Jadeaba sin parar.

Como no estaba acostumbrado a ver gente llevándose trozos de la pared de mi casa, no supe si salir detrás de él y gritar «¡Al ladrón!», o qué. O sea: ¿Es normal que le roben a uno también las paredes de su casa? Total, que yo allí parado como un árbol de Navidad y John que llegó trabajosamente a la esquina, medio escorado bajo el peso de la pared y que me dijo algo como: «Hola, colega», cuando yo soy Henry Jollifer y da la casualidad de que vivía ahí, en Box Street 6. Vaya, que no era un obrero de la construcción dando vueltas por el porche.

John siguió andando tras la pared, que era la que llevaba la voz cantante en el asunto, y dio la vuelta a la casa. Si me hubiera llegado a quedar un rato más de charla con Joe, habrían salido los siguientes titulares en *El Semanario de la Mujer*:

CHICO SEPULTADO POR LA PARED DE SU HABITACIÓN

En ese momento oí un ruido alucinante que venía de detrás de la casa y, acto seguido, unos juramentos cuyo verdadero significado todavía estoy intentando descifrar.

Quiero decir que hubo un ruido terrible. Mamá pasó por delante de mí como una bala y gritando algo como: «¡Quita esos condenados zapatos de la puerta!».

Galopaba de tal manera que todas las partículas de su ser bailoteaban. Realmente vergonzoso.

Pensé que, a lo mejor, aquel lío formaba parte de algún ritual amoroso de cortejo que se habían montado mi madre y John para rejuvenecer, porque ya no son unos niños. Mamá volvió a pasar galopando frente a mí, sólo que esta vez gritó: «¡No te quedes ahí parado, Henry! ¡Haz algo!», en vez de llamarme querido y decirme que qué bien que estuviera en casa. Recogí mis zapatos. Ella dijo entonces: «John ha resbalado en la basura y todo lo que se te ocurre es...», después desapareció en el interior de la casa y oí ruidos y más juramentos y, cuando reapareció, enarbolaba una barra en la mano. Me pareció que era un castigo demasiado severo por haber dejado los zapatos en un sitio inoportuno; pero, por si las moscas, eché a correr con mi madre en los talones.

John estaba tendido cuan largo era con la pared de mi cuarto encima. Yo estaba enfadadísimo. Obviamente se había resbalado en la basura y se había caído encima del cubo. De su barbilla colgaban restos de la cena de la noche anterior que Blubberbag lamía tranquilamente, mientras Supercushion estaba encogida bajo un cardo.

Mamá seguía intentando sacarle a John la pared de encima a base de dar palos de golf con la barra. Supercushion se largó de un salto. Blubberbag maulló. La pared se desplazó hacia un lado y un trozo le pegó a John en la nariz. John lanzó un juramento. Mamá hacía palanca para liberar a John y a la vez gritaba que la ayudara. Yo no pensaba formar parte de aquellos juegos tan idiotas. ¿Por qué iba a hacerlo? No estaba liado con ellos.

Me di media vuelta y me largué. Subí los peldaños con dignidad y entré en casa. Caí en estado de *shock*. Caos total. ¿Dónde estaba mi cuarto? Había desaparecido. ¿Una bomba, un terremoto? Pues, no, había sido John. Había atacado mi casa. Ahora caí en la cuenta. ¿Mamá participaba en ello o no?

No llegué a ninguna conclusión. Tenía miedo a equivocarme. Hice un esfuerzo para pensar inteligentemente y tomé una decisión: saqué la cámara de fotos de mi mochila. Necesitaba una prueba de lo acaecido, por si decidía demandar a John por destruir mi hogar.

Me fui al lugar de los hechos y saqué una foto de mamá agachada, con la cara torcida y colorada, y los dientes apretados, que intentaba sacarle a John la pared de encima haciendo palanca con la barra de hierro. John, cubierto de basura, parecía a punto de llorar. Después, me fui a nuestro baño, que está pintado de púrpura y que seguía siendo el mismo que el viernes anterior cuando me había marchado, saqué el rollo de fotos y me largué en mi bici para llevarlo a revelar; me lo harían en la farmacia mismo.

Cuando volví, John estaba en la ducha y mamá preparaba un aperitivo: almendritas de esas la mar de caras y palitos de queso. Ese tipo de cosas nunca me los prepara a mí. Estábamos en medio de una cocina completamente hecha polvo y ella ni se enteraba.

La repisa y el fregadero estaban todavía en su sitio, pero el frigorífico campeaba en mitad de la habitación. Las paredes estaban al desnudo: John se había cargado su superficie externa. El linóleo del suelo estaba también todo machacado. Por lo visto, se esperaba de mí que, a partir de aquel momento, llevara una existencia similar a la de los primitivos pioneros australianos y neozelandeses. Y lo peor de todo fue que mi dormitorio —es decir, mi despacho— estaba abierto de par en par. Desde la sala podían verme dormir tranquilamente.

Me tomé mi zumo de manzana y mango en total silencio y tuve que aguantar los gritos de John que cantaba óperas bajo la ducha.

—¿Se ha roto alguna costilla? —le pregunté a mi madre.

—No, querido. Sólo tiene unos moratones horrorosos. Oye, Henry, cielo...

Cuando me llama «Henry, cielo» en vez de «Henry», sé perfectamente que va a obligarme a hacer algo horrible. Ir a la tienda a comprar leche, por ejemplo.

—Henry, cielo, no te he visto en todo el fin de semana —me dijo, mientras abría los brazos y sacaba pecho. Yo me encogí—. ¿Por qué tienes esa cara, Henry? Esto es muy emocionante. No es nada más que el comienzo de las reformas que estamos haciendo. Deberías estar agradecido.

Fue demasiado. Incluso para mí que tengo mucho autocontrol.

—Has destruido mi cuarto —le dije—, mi intimidad ha desaparecido. No tengo ningún sitio adonde ir. Voy a poner una querella a... esto, a la UNESCO.

—Sí, cielo, hazlo —dijo ella, riéndose con la boca llena de palitos de queso.

John vino a la cocina tambaleándose y se sirvió una cerveza, como si todo fuera normal y como si él fuera uno de los habitantes de aquella casa.

—¿Cómo te va, colega? —me dio un manotazo en el hombro con su manaza peluda y añadió—: Va a quedar fenómeno cuando termine —y ambos se quedaron mirando el espacio donde debía de estar la pared de mi habitación.

—¿Lo ves, Henry? La pared nueva entre tu cuarto y la sala tendrá armarios empotrados y quedará más o menos por aquí —me dijo mi madre, mientras saltaba por encima de una pila de pedazos de yeso—. Eso hará que tu cuarto parezca un poquito más grande. ¡Qué bonito! ¿Verdad?

¡Bonito! Estaba estupendo como estaba. Estaba tan enfadado que no podía pronunciar palabra. Ni mi propia habitación estaba segura cuando ellos armaban aquellos líos.

—Ya sé que ha tenido que ser un rudo golpe para ti llegar y ver todo tal como está —dijo John—, pero mañana por la noche la pared nueva estará ya colocada, y quedará fenómeno, ya verás. La verdad es que hoy he llegado mucho más lejos de lo que pensaba. Aunque la cosa se me ha complicado un poco...

Lo que yo pensaba. No estaba a salvo con aquellos energúmenos.

—Henry, no me has dicho qué te parece Megatón —preguntó mi madre, piando como si fuera un pajarito y mirando a John con arrobo—. Mi viejo Mini.

—Pues la verdad es que no me he fijado —respondí fríamente.

Después de algo a lo que ellos llamaron cena y que consistió en pescado frito con patatas fritas, ¿qué podía hacer yo? Quiero decir: ¿Adónde podía ir? Hacía demasiado frío para dormir bajo el castaño del jardín, una vez que había anochecido. Me quedé en el recibidor.

Mamá recogió las toallas de John y arregló el baño, lo cual me fastidió un montón. Si a mí se me ocurre dejar las toallas tiradas, se pone como una furia. Sería mejor tener un lío con ella que ser su hijo únicamente.

Me fui a casa de Joe, al otro lado de la calle, pero como me dijo que estaba demasiado oscuro para cortar el césped, me volví a casa.

Me encerré en el cobertizo con Supercushion por toda compañía. Tampoco ella estaba a gusto con la nueva situación y no me dejaba hacerle mimos. La pobre estaba en alerta roja por si se tenía que defender de Blubberbag. La acaricié y me quedé mirando cómo se le erizaba la piel del lomo, hasta que se hizo tan oscuro que ya no se veía nada.

Así que me quedé sentado encima de la caja donde papá guardaba sus cosas de cámping, pensando. Mi madre había sido siempre un peso en mi vida, pero unida a John era muchísimo peor. Entendía perfectamente el significado de la frase «un hogar roto». Tenía que largarme lo antes posible. La vida estaba tomando un cariz cada vez más oscuro. Mi supervivencia como especie estaba en peligro inminente.

Acaricié las orejas de mi gata y, al mismo tiempo, hice una promesa: no perdería ni un minuto viendo la tele o tumbado bajo el castaño. Desde aquel momento, mi única dedicación en la vida sería ahorrar sin perder un segundo y ganar dinero a espuertas. Le pediría un aumento de sueldo al farmacéutico. Sería capaz incluso de cortar el césped de Joe. Y cuando, dentro de dos semanas, acabara el cole, tendría la posibilidad de ganar dinero las venticuatro horas al día. Entonces, me di cuenta de que no sabía aún a qué país iba a emigrar. De modo que mi próxima meta sería ir a informarme a una agencia de viajes. Cosa difícil. ¡Qué bofetada del destino! Como no había ninguna agencia de viajes en el centro comercial, tendría que ir a otra ciudad. Y como no podía ir después del colegio por lo de mi trabajo, el problema suponía un desafío que requeriría toda la fuerza mental de mi potente cerebro.

6

Martes, 1 de diciembre

Por fin encontré la ocasión oportuna para que se cumpliera mi meta. La de la agencia de viajes. En el cole se celebraba el día de los deportes y, dado que no estaba en mi mejor momento físico con todo el polvo de la casa acumulado en los pulmones, los restos de la pizza de Amanda todavía en mi estómago desde el último fin de semana y mi trabajo de chico de los pedidos pesándome en los músculos de la pantorrilla, pensé que nadie se daría cuenta si Marvin y yo, como por casualidad, nos mezclábamos con los espectadores del evento y nos largábamos a la ciudad.

La ciudad estaba llena de gente comprando cosas con sus tarjetas de crédito y sus talonarios de cheques. No se veía un niño en cinco leguas a la redonda. Los escaparates estaban llenos de regalos y de nieve artificial.

Nos tomamos un batido y después nos fuimos a la central del Banco de Nueva Zelanda a depositar el dinero que me había dado papá. El banco era una sinfonía en azul, plata y cristal.

Como estar dentro de una piscina, si no fuera porque todo el mundo estaba quieto y, además, porque no había agua, claro. Marvin se quedó parado en la moqueta azul, mirándose los zapatos, lo que hacía más obvio que tenía unos agujeros horrorosos en los mismos.

Fui al mostrador de información. Marvin se quedó con la boca abierta al ver que yo sabía a dónde ir. No se había dado cuenta de que el truco era que yo veía los rótulos que estaban colgados sobre nuestras cabezas, pero que él, como seguía mirándose los zapatos, no podía verlos. Para abrir una cuenta había que hablar con una cara que estaba situada encima de un enorme mostrador de mármol. Entonces, la cara, que era la de una mujer, me señaló con su lápiz un lugar con dos pequeños sillones. Era un sitio guay, pensado para gente importante. Así que me senté. La mujer del otro lado del mostrador no se dignó ni a mirarme. No hacía otra cosa que abrir y cerrar los cajones de su escritorio. Tenía las piernas cruzadas en una postura tan rara que pensé que se iba a caer al suelo en cualquier momento.

Por fin nos preguntó si podía ayudarnos en algo y descubrí inmediatamente que no podía abrir una cuenta de ahorro si no tenía por lo menos mil dólares, lo cual me pareció muy poco justo para gente como yo, que acaba de empezar a ahorrar.

—¿Y cómo voy a reunir tanta pasta? —le pregunté anonadado.

—Pues pregúntaselo a tu padre —me contestó ella. Con lo cual no me ayudó nada, claro está.

Acabé abriendo una cuenta normal. Tuve que firmar cuatro veces en sitios diferentes y, como cada firma me salía distinta, no estoy yo muy seguro de que aquel contrato fuera legal. Ingresé tres dólares con cincuenta, porque tuve que deducir el precio del batido, que me había costado uno con cincuenta.

Después, nos fuimos a buscar la agencia de viajes. Marvin me dejó asombrado porque conocía una. Dijo que tenía un toldo amarillo y que estaba después de un paso de peatones. En efecto, así era. Atravesamos la calle y la encontramos. Me quedé de una pieza. Siempre había pensado que Marvin era un poco corto y, en cambio, resultaba que sabía mogollón sobre agencias de viajes.

—¿Y cómo conoces este sitio? —le pregunté, pero él sonrió enigmáticamente por toda respuesta.

A lo mejor era de ese tipo de gente que tiene premoniciones. No quería entrar y solamente se dejó persuadir cuando le enseñé a través del cristal del escaparate que había un sitio estupendo para poderse esconder: unos estantes que simulaban un transatlántico. Entramos.

Como no había nadie, nos pusimos a mirar los folletos. Empecé a explicarle a Marvin que los que llevaban en la portada la estatua de una mujer tremenda —la Libertad, creo— o a Mickey Mouse eran americanos; pero él de repente dijo:

«¡Oh, Dios mío!» mientras aparecía de la nada una mujer restregándose los codos. Se quedó parada delante de mí con una cadera alta y otra baja como si fuera el vaquero de una película antigua. Luego ladeó la cabeza. Sé muy bien lo que quiere decir eso de ladear la cabeza: poderío de adulto. Poderío envenenado. Miré alrededor a ver si había algún chaval como yo para que me apoyara en mi soledad, pero Marvin había desaparecido sin dejar rastro.

—¿Te puedo ayudar en algo? —me preguntó ella.

Sabía que haría todo lo que estuviera en su mano para obstaculizar mis proyectos. Le dije que quería saber cuánto costaba emigrar.

—¿Adónde? —me preguntó.

—¡Oh, a Nueva York! —le contesté sin saber por qué.

Entonces, ella me dijo que el pasaje de ida y vuelta costaba tres mil dólares o algo así.

—¡Oh, claro! —fue todo lo que pude decir. O sea que era muchísimo dinero. ¿Cómo puede la gente ahorrar tal cantidad de pasta?

Los cerebros que escapan del país no son solamente la flor y nata de la juventud, sino una flor y nata superrica. Allí estaba yo, un futuro hombre de negocios reventando de talento, pero sin un centavo que llevarme al bolsillo —que conste que no era por mi culpa—. De pronto, el mundo se me apareció en toda su injusticia.

Saqué el cuaderno de mi mochila y apunté la cifra. Tres mil dólares. «No puede ser», pensé.

Le pedí a la mujer que me diera un folleto para comprobar que era cierto lo que decía y ella me contestó que no daban folletos para viajes escolares. Bueno, a esas alturas yo ya estaba totalmente irritado, pero no podía hacer nada. Porque si buscaba al gerente para quejarme, ella huiría precipitadamente. Así que me largué. Intenté cerrar la puerta de un golpazo, pero como era una de esas puertas que cuando van a cerrarse van más despacio, casi me corto un brazo.

Y allí fuera, en la calle, estaba Marvin apoyado en un parquímetro. Con un folleto sobre Estados Unidos, que tenía un Mickey Mouse en la portada, y otro con la estatua esa. Me quedé impresionado. Marvin tenía premoniciones, seguro.

—Venga, vámonos de aquí enseguida —dijo él.

—¿Por qué?

—Porque ésa era mi madre —me contestó Marvin.

—¿Quién? ¿Dónde? —le pregunté asombradísimo.

—La de la agencia de viajes.

—¿Cómo? ¿La mujer con la que estaba hablando?

—Sí.

—¿Me estás diciendo que es tu madre la que trabaja en esa agencia?

—Sí.

—Entonces, ¿por qué me has dicho que viniésemos?

—No. Tú has dicho que si yo conocía alguna agencia de viajes... —dijo Marvin.

—Pero... es que... ¡Nos puede denunciar al colegio!

—A mí no me ha visto —dijo Marvin entonces.

—Bueno, vale. Pues, ¡muchas gracias! —le contesté.

Pasaron por allí algunos chavales en uniforme y caí en la cuenta de que el cole ya debía de haber cerrado: era hora de volver a casa, o sea que yo tenía que ir a la farmacia a trabajar, vamos.

Llegué tarde. El señor Garbett estaba empaquetando unas medicinas para la señora Young y no se cortó ni un pelo cuando le expliqué que mi retraso era debido a una cita ineludible con el director de mi banco.

—¡Dame un tubo de dentífrico, Henry! —me dijo— ¡El que está en la caja roja! ¡Al loro, chico!

Puso el dentífrico junto al resto de las cosas, que eran una laca de pelo y un tubo de pastillas para la tos.

—Yo creía que mi tarea consistía en entregar medicinas que salvaran las vidas de la gente —le dije.

—Bueno, si fueras una vieja solitaria, considerarías estas cosas como vitales, chico —dijo el farmacéutico riéndose.

Fui pensando en ello mientras subía la colina

y las monedas de veinticinco flotaban en mi cabeza. La anciana señora Young me invitó a pasar, pero esta vez le dije que tenía demasiado que hacer, porque había un montón de amigos esperándome. Soltó unas risitas y se quedó en su asqueroso porche contándome rollos sobre sus amigos y sobre las maravillosas vacaciones que solían pasar juntos.

—¿Y dónde están sus amigos? —le pregunté.

—Han pasado a mejor vida —me contestó.

Y luego me preguntó:

—Y tú, jovencito, ¿adónde vas a ir este año?

—Bueno —le dije—, mi madre no... —pero no pude continuar porque era demasiado horroroso. ¿Cómo podía explicarle a aquella ancianita, que obviamente llevaba una vida normal, con sus vacaciones de verano normales y sin ninguna reforma en su casa normal, que mi madre era una loca furiosa? Así que me eché a correr por los veintitrés asquerosos peldaños arriba y, cuando llegué a la cima, bajé la colina entera sin frenos.

Cuando terminé de entregar los pedidos, vi a Perky. Llevaba una bolsa llena de periódicos colgada al hombro, pero ya no debía de estar trabajando. Me la encontré a la entrada del centro comercial, parada junto a su bici. Me apeteció hablar con ella, porque era otra pardilla como yo que no iba a ir a ningún lado en vacaciones. Y eso aunque fuera una borde.

—Hola —la saludé—; mira, ya tengo los folletos para emigrar.

—Ah, ¡pues qué bien! —dijo ella.

—Son tres mil dólares hasta Nueva York.

—¡Hala! ¡Nadie puede ahorrar eso! —dijo Perky con la boca abierta.

—Por supuesto que se puede. Intentas coaccionarme para que pierda mi apuesta y tú te ganes cincuenta dólares, pero no lo conseguirás. Sabrás que soy capaz de visualizar mi vida como un hombre de negocios riquísimo que va y...

—Sí, claro —me interrumpió—. ¿Y puedes visualizar el arreglo de mi bici que está pinchada?

—¿Qué?

—Pues nada, que tengo que entregar estos periódicos. Esto es lo que hay —dijo Perky.

No me apeteció que pensara que yo era un tipo capaz de arreglar un pinchazo. Si se creía que era un futuro mecánico, estaba muy equivocada. Yo soy un futuro hombre de negocios y los hombres de negocios no acostumbran a ir por ahí venga a arreglar bicicletas y eso. Pero, como parecía tan harta de todo, no sé exactamente por qué razón, pues le dije:

—Bueno, mira, ven a casa conmigo. Arreglaremos tu bici.

Lo que yo quise decir es que era John el que se la iba a arreglar, claro. Se puso contentísima, lo cual me hizo sentirme estupendamente. Eso es lo que hace la gente con pasta. Ayudar a los demás. Era una sensación fenómena. Me sentía tan bien que me ofrecí incluso a empujar su bicicleta, mientras ella llevaba la mía que no pesa nada. Pero no me ofrecí a llevarle la bolsa con los periódicos, porque eso habría sido demasiado.

Su bici era el tipo de bici que tiene la gente que quiere ponerse cachas. Pesaba un montón y sólo tenía dos marchas. Nunca pensé que Perky fuera una mujer de acero.

Me preocupaba el hecho de que viera a mi madre y percibiera nuestro prehistórico modo de vida. También me preocupaba lo que pudiera pensar sobre ello. Esperaba que mamá no volviera a preparar una cena en la barbacoa, tipo era cuaternaria, como la gente de las cavernas, cosa que había estado haciendo durante toda la semana.

No tenía por qué haberme preocupado. A medida que nos acercábamos a casa, los ojos de Perky se hacían más y más grandes. No pudo evitar quedarse alucinada al ver a Megatón. Cuando llegamos, intenté tapar con mi cazadora la puerta verdinegra y cubierta de hongos, pero ella se había quedado parada delante del Mini. Lo acariciaba, guiñaba los ojos frente al brillo cegador de la carrocería y no podía dejar de pasearse a su alrededor.

—Venga —le dije—. No es nada más que una idiotez de John para impresionar a mi madre.

Lo que son las cosas. Mientras yo creía que Megatón era algo vergonzoso —tan vergonzoso que había pensado no subirme nunca en él—, pues resultaba que ahí estaba Perky, que se había quedado alelada mirándolo.

Conseguí llevarla hacia los contenedores de

basura. Dimos la vuelta a la casa y allí estaba, cómo no, la hoguera formada con trozos de moqueta y pedazos de yeso que mi madre utiliza en vez del material combustible especial para barbacoas. Entonces me imaginé a mamá que salía de casa vestida con una piel de tigre en cuya pechera ponía con letras ensangrentadas: «*Cocacola* Cuaternaria».

Pero no. Fue John el que salió. Yo le expliqué lo de la bicicleta de Perky, y John, por una vez en su vida, me resultó de gran utilidad. Se puso a ello inmediatamente. Mi madre le dio la vara a Perky preguntándole cosas sobre su trabajo, pero conseguí rescatarla y llevarla al cobertizo. No iba a dejarle ver el estado en el que se encontraba mi casa. Le enseñé los folletos de viajes con sus páginas de papel brillante y se moría de risa viendo las fotografías de las habitaciones.

—Mira, Perky —le dije—, esto es lo que yo quiero. Lujo. Lujo a toda pastilla. Por ejemplo, aquí en casa, sólo tenemos dos dormitorios y no puedes elegir entre los dos, porque uno es el de mamá y el otro el mío.

—Y ¿eso qué tiene de malo? —me preguntó ella y entonces me contó que compartía su dormitorio con dos hermanas y algunas veces incluso con su hermanito, que es todavía un bebé.

Me quedé boquiabierto.

—¿Y tu intimidad? —le pregunté.

Se encogió de hombros y después me señaló una foto en la que se veía una cama enorme de color rosa, llena de cortinas a su alrededor.

—No me importaría nada quedarme con este cuarto —me dijo.

—Fíjate, Perky, ¡qué guay! Aquí nadie deja las camas sin hacer y no te encuentras montones de ropa sucia por el suelo.

Se rió. Con una risa un poco estridente para mi gusto, que no tenía ninguna gracia.

—Sí, Perky —continúe yo—, y todos los cuartos tienen tele y la puedes ver sin levantarte de la cama. Lujo total. Me pasaría el resto de mi vida en uno de esos cuartos.

Perky suspiró y dijo que era una tontería pretender tener un cuarto así.

—Nunca te lo podrás permitir —me dijo.

Recordé que aunque se estaba haciendo más amable, su «deber» era intentar sacarme los cincuenta dólares. Seguramente su próxima meta era lograr que me dedicara al ahorro. Pero yo sabía que los hombres de negocios no se someten a presupuestos de nadie. Sin embargo, ella era tan mandona como la vieja señora Young, y podía acabar atrapado en su truco.

Encontró una página donde venía la información sobre precios y me dijo que todos los pasajes eran de ida y vuelta, así que dividimos la cifra por dos y sacamos la conclusión de que conseguir un dormitorio rosa en Nueva York nos vendría a costar unos mil dólares con viaje incluido.

Después, sacó lápiz y papel y me preguntó cuánto ganaba a la semana.

—Unos veinte dólares.

—Vale —dijo—, o sea que para conseguir mil dólares necesitarás, esto... cincuenta semanas. Casi un año.

—¡No puede ser!

No me sentía capaz de vivir en un hogar destrozado durante un año entero. De todos modos, como mamá iba a vender la casa, mi conclusión fue que tendría que pasar el cortacésped por el prado de Joe.

—¿Si a eso le añadimos mi trabajo como cortador de césped? —le dije—. A cinco dólares cada jardín.

Perky calculó que para ganar mil dólares tenía que cortar doscientos jardines. Me pareció que no era muy buena en matemáticas, aunque fuera de las primeras de la clase.

—Y además está mi trabajo como fotógrafo profesional.

—¿Cuánto sacarás?

—He sacado veinte fotos. Todos los chavales de clase me comprarán dos: una de cada uno y otra más en la que salgan con otra persona, ya sabes, novios y eso.

—No me parece que...

La hice callar. Le dije:

—Pienso cobrar un dólar por cada una, lo que hace...

—Dos veces veinte suman cuarenta —dijo Perky.

—Eso ya lo sé. De cualquier modo serán dos veces treinta porque en clase somos treinta.

—Tienes que deducir gastos —Perky parecía una economista.

—¿Gastos? Eso no es nada porque trabajo donde me revelan las fotos. Creo que el próximo lunes tendré sesenta dólares.

—Bueno, eso te cubre los impuestos —dijo ella.

Me callé. No podía decir nada. Tenía la lengua paralizada. Ojalá no hubiera venido conmigo. Ojalá John reparara su bici de una vez y mamá gritara: «¡Henry, la cena!».

Después, le dije que le había sacado un par de fotos por sorpresa y que si quería comprarme diez de cada una para sus regalos de Navidad.

—No, no puedo.

—Roñosa.

Naturalmente que no me las iba a comprar. A la borde de Perky no le interesaba nada que yo reuniera el dinero para emigrar.

Estuvimos sentados en silencio un rato y de pronto ella me dijo (y conste que me cogió totalmente por sorpresa):

—¿Sabes? A veces eres un borde.

—¿Yo, borde?

Aluciné. A lo mejor se refería a nuestra última conversación. Pensé que sabía lo que yo estaba pensando, así que le dije:

—Mira, siento mucho que tu padre tenga cáncer, pero no es culpa mía.

—¡Sí! ¡Sólo falta que lo digas a voces! —me criticó—. Nada de lo que dices tiene sentido.

Nos quedamos callados otra vez. Yo no entendía nada de nada. Perky estaba muy enfadada. Lo notaba perfectamente. Un agujero negro en el espacio. Intenté decir algo que fuera agradable y que no tuviera que ver con su padre.

—No es justo que haya gente que tenga un montón de dinero y otra no. ¿A que no?

Perky se encogió de hombros.

—¿Por qué los niños no ganamos lo mismo que los adultos? Si los neozelandeses necesitan la fuga de cerebros para completar su educación, ¿por qué no la financia el Estado?

Perky no dijo nada y yo pensé que se había quedado asombrada ante la lucidez de mi pensamiento.

—Por supuesto que es injusto. ¿Y qué? —contestó al fin.

Me quedé más plano que un billete de dólar nuevo. Perky estaba en plan totalmente negativo. Caímos en un profundo silencio otra vez.

Es muy difícil hablar con mujeres. Me resulta mucho más fácil hacerlo con Supercushion, pero lo intenté otra vez. No quería que Perky se pusiera agresiva o negativa, o lo que fuera.

—¿Qué harías si tuvieras pasta? ¿Mucha pasta? —le pregunté.

—Comprar una casa. Conseguir que a papá le vieran los mejores médicos del mundo. Una ayuda doméstica para mamá. Comprarles a mis hermanos...

—Pero yo me refería a qué te comprarías tú. Para ti.

—¿Para mí? —me preguntó muy sorprendida.

¡Mira que era rara! La primera regla para triunfar en los negocios es pensar en uno mismo. Así nunca llegaría a ser rica.

—Bueno —dijo por fin—, creo que me compraría un coche como Megatón y también que me iría a un crucero. Nunca he estado en ningún sitio. Y me chiflan los barcos.

Parecía un poco más relajada y me contó que navegar era uno de sus sueños. Le dije que yo había estado en muchísimos barcos y que era un marino de primera. Todo mentira, claro. Después le dije que si se olvidaba de nuestra apuesta de los cincuenta pavos, le compraría un barco con los intereses que me produciría el primer millón de dólares. Ella sonrió y dijo:

—No. Una apuesta es una apuesta.

Como sólo faltaban veinticuatro días para Navidades, empecé a mosquearme. No conseguiría el dinero. Así que le dije otra vez que creía que no tener dinero era una injusticia, y Perky me llamó quejica.

—Mira, soy la flor y nata de la juventud de Nueva Zelanda y si...

—¡Corta el rollo! —gritó—. ¡Deja de darte pote! ¡Eres un pelmazo, Henry! —y salió corriendo del cobertizo.

Gracias a Dios John había acabado con su bicicleta. Perky la cogió, le dio las gracias más tiesa que una vara y se largó. Cuando atravesó la puerta, que es muy estrecha, con su gran bolsón lleno de periódicos, me acerqué a ella e intenté convencerla de que me daba mucha pena lo de su padre, lo de su pobre vida y lo de que no tuviera dinero.

—Tienes gracia —me contestó secamente, se montó en la bici y desapareció.

—¡Hey! —le grité—. Podría alquilarte el cobertizo, y me pagas con lo que ganas repartiendo periódicos.

No me preocupé demasiado. Gracias a mis lecturas en *El Semanario de la Mujer*, he aprendido que las mujeres tienen saltos de humor totalmente incontrolables y van de un lado para otro como si fueran péndulos.

En la cena mi madre no paraba de hablar de lo mucho que trabajaba Perky repartiendo periódicos, como si la culpa fuera mía. Después de cenar, me dijo:

—¡Henry, los platos, por favor! ¡Lávalos ahí fuera en un cacharro de plástico, porfa!

Salí a la oscuridad de fuera con el impermeable pegado a mis piernas desnudas y una pila de platos en los brazos. Mil dólares. Todo lo que yo necesitaba para abandonar aquella vida de hombre de las cavernas y volver al siglo veinte. Aunque pareciera imposible, conservaría todas mis energías positivas. No como Perky. Mi primera paga y el dinero de las fotos llegarían el lunes. Todo el mundo, y Perky incluida, pensaría que mis fotos eran irresistibles. El próximo lunes nadaría en la abundancia.

7

Lunes, 5 de diciembre

Llegó el lunes. Pero antes de recoger las fotos tuve que repartir los pedidos. El último fue para la señora Young. Me contó todo lo que pudo y más sobre una hermana suya que vive en Picton y que no le escribe nunca. Le pregunté por qué no hacía un viaje a ver a su hermana. Después de todo estaba a un paso. Tres horas en *ferry*. Se rió y me dijo que no le hiciera ningún caso.

Me invitó a pasar, pero me negué y me quedé en su asqueroso porche mirando los veintitrés escalones que iba a tener que subir una vez más, porque no la quería mirar a ella. Sus ojos eran muy tristes —parecían desenfocados— y tenía las pestañas tiesas como cortinas de ducha. Entonces, me dijo:

—Estás mirando mi coche, ¿verdad? Bueno, pues lo vendí ayer. A una pareja joven, muy maja. Llevaba ahí un montón de tiempo. Tres semanas sin moverlo para nada.

—¿Por qué?

—La gasolina, pequeño —dijo—, y los impuestos y el seguro y el mantenimiento. Todo eso. Es demasiado.

—Demasiado, ¿qué?

—Dinero —me contestó.

Sólo una palabrita en vez de la catarata verbal con la que solía obsequiarme.

Me quedé con ella un ratito a ver si la animaba. Le dije que era necesario que demostrara más iniciativa. No era suficiente vender cosas para obtener dinero. Podía, por ejemplo, utilizar su coche para hacer dinero. Le dije que se comprara *El Semanario de la Mujer*. Que ahí se lo contarían todo.

Me explicó que le saldría más a cuenta tomar un taxi que tener coche, porque ya salía muy poco.

Fue deprimente. Cuando volví a la farmacia, caí en una silla como si necesitara un medicamento para los pulmones, o algo así. Pero enseguida remonté porque el farmacéutico me pasó un sobre que se abría por la parte superior y que tenía grapada una cuenta mecanografiada con mi nombre y una cifra: dieciocho dólares con veintisiete.

Fue un momento crucial en mi vida. Me habría gustado que alguien me grabara en vídeo para poder insertar aquellas imágenes en la biografía que dentro de unos años me hagan por capítulos en la televisión. Otro momento crucial será cuando consiga mi primer millón de dólares. Eso sí que lo grabaré.

El farmacéutico me dijo que le firmara un papel. Imaginé que es consciente de mi gran potencial y quería obtener mi firma antes de que fuera famoso.

—Ahora nos queda el asunto de las fotos —me dijo cuando me entregó el sobre con las fotos reveladas.

¿Por qué decía eso? ¿Es que pensaba participar en el negocio? ¿Sería un agente, dispuesto a tomar parte en la operación «Fuga de cerebros»?

—Son catorce dólares veinte, Henry. Con descuento.

Me alargó la mano. No tuve mas remedio que volver a abrir el sobre, pagarle y quedarme sólo con cuatro dólares con siete centavos. Si no hubiera sabido que, para que la economía prosperase, uno tenía que invertir, me habría echado a llorar allí mismo.

Como necesitaba intimidad total para ver las fotos, fui a la parte de atrás de la oficina de correos, lugar donde no va nunca nadie, porque la hierba te llega a las rodillas y está lleno de latas de cerveza y colillas.

—¡Hola, Henry! ¿Qué haces por aquí? Este rincón es el meadero favorito de los perros.

—¡Hola, Joe! Y tú, ¿qué haces por aquí? Que yo sepa no eres un perro, ¿eh?

—Es que... Es que quería librarme de un montón de latas vacías. Tengo el garaje lleno. Pensaba que vendrías a pasar la cortacésped por mi jardín.

—Claro.

—Pues podrías limpiarme el garaje también.

Voy a dejar la ciudad y me voy a ir al campo una temporada. Paz y tranquilidad. Un poco de caza. Antes de marcharme, quiero hacer limpieza. Ya sabes.

—Vale.

—Bueno, para lo del césped no tengas prisa. Pásate cuando termines el curso.

—Vale.

—¿Para qué necesitas la pasta? ¿Algún problema con tu novia? —y miró a nuestro alrededor.

—¡Nada de eso! —me ardía la cara de vergüenza—. Es que emigro a Nueva York.

—¡Anda éste! —exclamó con la boca abierta—. Bueno, tengo prisa. Eres un caso, Henry.

Se marchó meneando la cabeza como si fuera un tentetieso.

Me fui a casa y me encerré en nuestro baño de color púrpura. Cuando vi las famosas fotos estuve a punto de no volver a salir jamás. Fue el peor momento de mi vida. Se dice pronto, ya que mi vida es una cadena de malos momentos sin fin. Las fotos eran un desastre total. La mayoría estaban totalmente blancas. Había una de Rachel y Gavin, cada uno levantando la pierna del otro, que yo había supuesto —sin razón— que iba a ser la mejor y que, sin embargo, estaba totalmente desenfocada. Había una de Perky frente al lavabo de las chicas que estaba bastante bien. Su pelo, corto y oscuro, era como el que tiene ella de verdad. Sólo la cara era un poquito más blanca de lo normal.

Había aprendido una dura lección. Cuando vuelva a invertir dinero en empresas financieras, no se me ocurrirá jamás usar materiales defectuosos.

—¡Corre! ¡Sal ya! ¿No? —me gritó John desde fuera.

Minutos después, mi madre comenzó a golpear la puerta y tuve que salir de mi refugio. Mamá me vio el sobre con las fotos y vete tú a saber lo que pensó. Vergonzoso. Los adultos tienen mentes muy retorcidas. Tuve que enseñarle unas cuantas para que se quedara tranquila. Dijo que una mancha borrosa de color rosa que aparecía en la parte inferior de casi todas las fotos debía de ser mi dedo pulgar. Mentira. Mi dedo pulgar no es borroso. Total, que después de una semana trabajando como un esclavo, tenía solamente cuatro pavos con siete centavos y tres pavos con cincuenta en mi cuenta corriente. La operación «Fuga de cerebros» se había ido a la porra. Bueno, la verdad es que la foto de Perky no estaba del todo mal. Si quieres ser alguien en las finanzas, necesitas nervios de acero. Decidí llamarla por teléfono. Fue mi primera misión como vendedor telefónico.

Perky acababa de llegar a casa después de entregar sus periódicos. Me dijo que tenía que poner la mesa, así que nuestra conversación fue muy corta, pero no estuvo demasiado borde. Le dije que tenía su foto, pero que debido a motivos que se escapaban a mi control, era necesario incrementar el precio en cinco dólares.

—Corta el rollo, Henry. No me lo puedo permitir.

—Bueno. Pues que sean cuatro pavos.

—¡Henry! ¡No podría comprarme las fotos aunque me las pusieras a un dólar! ¡Te estoy diciendo que no me lo puedo permitir!

—Bueno, pues cincuenta centavos. Tú repartes periódicos. Tienes dinero hasta las cejas.

—¡No querría tu asquerosa foto ni aunque me la regalaras! ¡Métete eso en la mollera, idiota!

Me colgó el teléfono. Me fui a mi cuarto, cerré los ojos y tiré al suelo las asquerosas fotos que no servían para nada. Cuando los abrí, años más tarde, vi que había dos, justo encima del montón, que eran las únicas no desenfocadas. Una era la de papá y Amanda, que miraban al objetivo como si ninguno de los dos supiera que el otro estaba a su lado. Y la otra era la de algún psicópata, dotado de un gran trasero, que intentaba asesinar a alguien, cubierto de sangre y vísceras, bajo una manta de madera. No. No era una manta de madera. Era John. Lo que le cubría era la pared de mi cuarto y la psicópata, mi madre. Fantástico.

Fui consciente de golpe de que sería millonario. Iba a hacer muchísimo dinero. Y mucho más sencillamente que pasando la cortacésped por el jardín de Joe. Si mi madre quería perserverar en su lío con John, tendría que pagarme la foto, porque, si no, su hijo le iba a estropear el asunto. Visualicé cómo iba a ser la cosa: «Un pasaje de ida y vuelta a Nueva York, mamá, por favor». ¡Guay! Sólo tenía que esperar el momento oportuno. Cuando estuviéramos solos.

8

No tuve que esperar mucho. John gritó:

—¡Me voy al pueblo a comprar algo de cenar! ¡Al sitio ese nuevo que venden costillas!

Oí el sonido de Megatón que desaparecía en la lejanía, y ahí nos quedamos solos mi madre y yo entre las ruinas. Blubberbag escupió a Supercushion y yo me quedé mirando cómo mamá pintaba unas baldas de madera con una horrible pintura color rojo clavel.

—Mami, ¿te acuerdas de aquella foto que te hice cuando a John se le cayó encima la pared de mi cuarto?

—No, Henry. No me acuerdo. ¿Podrías dar la vuelta a esta estantería? Gracias.

—Horroroso color —dije yo.

—Es genial —me contestó ella.

Buen momento. Saqué la foto, se la puse delante de las narices y ella la miró, mientras su mano movía el pincel arriba y abajo. De repente, el pincel salió volando por el aire y le salpicó toda la cara.

—¡Arrrgh! —gimió mi madre.

—¿A que es guay? ¿Eh, mamá? Es perfecta. Es lo que los fotógrafos de deporte llaman fotografía en acción.

—¡Yo no tengo esa pinta! —murmuró sin podérselo creer. Después, intentó quitármela, yo retrocedí de un salto y el estante de madera cayó al suelo llenándose de serrín.

—¡Henry! ¡Dámela!

—No.

—No puedes dejar que nadie vea eso —gimió.

«Nadie» es el nombre que le da a John cuando hace como que no existe. Mi madre lo hace mucho en sus conversaciones conmigo.

—Si la quieres, tendrás que pagármela. Me ha costado mucho.

—¿Cuánto?

—Mil dólares.

—¡QUÉÉÉÉ! ¡No seas imbécil! —se me quedó mirando y era impresionante la luz que salía de sus ojos. Parecían faros de coche activados por el odio.

—Esto..., bueno —le dije—, pues que sean catorce pavos con veinte centavos. Eso es lo que me ha costado.

—¡Henry! ¿Desde cuándo revelar una foto cuesta eso?

—Es que yo pensaba en vender el negativo, mamá.

—¡No es posible que estés pensando en chantajear a tu propia madre! Has visto demasiada televisión. Déjamela otra vez.

—¡No!

—¡Henry!

—O me la pagas o me llevas a Disneylandia en Navidades, como hacen los padres como es debido.

—Que no seas imbécil.

—Y, además, me puedes dejar en Estados Unidos. Soy capaz de cuidarme solo. Muchas gracias.

—Pero, Henry, querido, ¿qué es lo que te pasa?

Los faros disminuyeron de intensidad y la mandíbula de mamá se quedó como desencajada. Hacia abajo. Anoté mentalmente que no le vendría mal hacer ejercicios gimnásticos para evitar la papada que le estaba saliendo. Lo había leído en *El Semanario de la Mujer*.

—Te quiero igual que siempre, Henry —me dijo, entonces —. Eso es algo que John no puede cambiar.

Alargó su mano totalmente embadurnada de rojo e intentó agarrarme. ¿Por qué rayos tenía que meter a John en el ajo? No tenía nada que ver. Pero decidí que, puesto que había sacado el tema, lo utilizaría para culpabilizarla.

—Eso. Todo ha cambiado por su causa.

—Pero, Henry —dijo ella—, si tú vas a tener un dormitorio nuevo y tendremos una cocina estupenda y...

—Sí —le contesté—, y cualquier día vas y la vendes, y yo, sin techo y...

—Pero, Henry, ¡no pienses esas cosas, por favor!

Ésa era mi madre. Mi madre diciéndome qué es lo que tengo que pensar. Es el colmo. Al día siguiente, me la encontraría viendo la tele y me contaría tan ancha lo importante que era tener libertad de expresión, y demás historias.

—¿Te irás a vivir con John a Bunnythorpe, mamá?

—No lo sé, Henry.

—Quieres decir que a lo mejor sí.

—Mira, Henry, no lo he decidido todavía. Tengo que saber primero qué va a ser lo mejor para los dos.

—¿Qué dos?

—Tú y yo.

Parecía muy cansada. Yo no sabía qué hacer. Por la tele los chantajes resultan mucho más fáciles.

Gimiendo, se puso a recoger las baldas pintadas. Estaban llenas de serrín.

—Mira, creo que es una foto súper, hijo. Te la compro si quieres. Saca un dólar de mi bolso. Deja la foto ahí, Henry. Ven y ayúdame a limpiar esto, ¡hala! —me dijo.

¡Qué injusticia! Mi vida es mucho peor que la de los héroes televisivos. No hay derecho.

John volvió con la cena. Mientras cenábamos las costillas, tuve que aguantar que mamá y John se murieran de risa con la foto. A mí no me parecía nada gracioso. John no paraba de darme golpetones en la espalda y de decirme que tenía un brillante futuro como fotógrafo.

Mamá me dijo incluso que debía de presentarme al concurso del periódico *Evening Post*. Los adultos son animales muy extraños.

Me fui a la cama temprano. Estaba tan preocupado que probablemente tendré úlcera antes de ser millonario. Yo era un hombre de negocios que iba a ser famoso en un futuro próximo, pero que de momento trabajaba en una empresa (mamá) que iba a hacer un mal negocio (con John), y, para colmo, no tenía mucho dinero (siete dólares con cincuenta y siete). Y, encima, lo peor de todo era que tenía la horrible sensación de poseer menos acciones en la empresa de las que tenían mamá y John.

Y, además, tenía otra razón para emigrar. Mamá estaba pensando en trasladarse a Bunnythorpe y a mí no me apetecía acabar mi vida en el campo como un árbol cualquiera. Ni hablar. Estoy seguro de que en el campo no se puede ganar dinero. Ni siquiera podría pasar la cortacésped, porque los corderos se comen la hierba sin cobrar.

9

Martes, 6 de diciembre

Llegué al cole con el alma en los talones. Esperaba que Perky no le contara a nadie que había revelado las fotos, y no lo hizo. Había adoptado su clásica actitud de erizo hibernado y se pasó así todo el día. Gracias al cielo.

Volví a escribir un anuncio, mucho más grande esta vez, y lo coloqué en el tablón de anuncios del centro comercial.

NIÑO COMPLETAMENTE DESESPERADO NECESITA URGENTEMENTE TRABAJOS BIEN PAGADOS.
SE CONSIDERARÁ CUALQUIER COSA.
LLAMAR A HENRY A LOS SIGUIENTES TELÉFONOS:
MADRE 738 54 32
PADRE 892 34 51

Miércoles, 7 y Jueves, 8 de diciembre

No acababa de decidirme a pasar la cortacésped por el jardín de Joe por si acaso me llamaba alguien por teléfono. Estuve dos noches seguidas junto al teléfono, pero nada. Le pedí un aumento de sueldo al farmacéutico, pero él soltó la carcajada y luego me dijo que tenía una caradura impresionante.

El martes fui a casa de papá en la bici, pedaleando muy lentamente. Iba a quedarme a dormir con él y con Amanda mientras en casa pintaban mi nuevo cuarto.

Cuando llegué no había nadie y tuve que abrir con la llave que papá y Amanda dejan debajo de un tiesto para casos de emergencia. No me gusta nada entrar cuando no hay nadie, porque no tengo la impresión de que sea mi casa y me encuentro fuera de lugar. Me hace sentirme solo. Después, llegó Amanda golpeando las paredes con sus bolsas. Dio un puntapié a sus zapatos. Siempre está soltando el rollo con lo de que las mujeres tienen que trabajar y ser iguales a los hombres, pero yo tuve la sensación de que, en realidad, estaba encantada de estar en casa. Es una incoherente.

—¿Qué tal el cole? —me preguntó.

—Bien.

—¿Te apetece que lleguen las vacaciones?

—Sí.

—¿Qué tal la casa?

—Bien.

—¿Os vais fuera en Navidades?

—No lo sé.

—Pon los zapatos en el armario.

—¿Qué?

—Así no huelen.

—Vale.

Aunque papá llegó bastante tarde porque tenía mogollón de trabajo con toda la gente que quiere el coche a punto para las vacaciones, Amanda insistió en que le esperáramos para cenar porque le tocaba a él hacer la cena. Así que se sentó y se puso a leer el periódico —que ya se los debe saber de memoria— y papá, cuando llegó por fin, puso una cara rarísima.

—Estoy desfallecido —le dije.

Él me contestó:

—Bueno, entonces me podrás ayudar, Henry.

No tuve más remedio que ponerme a cortar cebolla y papá y yo lloramos juntos. Estábamos preparando espaguetis y salsa para los espaguetis. Es una de las torturas peores por las que uno puede pasar. Papá se puso a freír la cebolla. Entonces, yo levanté la tapa del enorme puchero para comprobar si el agua estaba hirviendo o no, y para hacerlo me incliné sobre la sartén de papá. Fui agredido por una bala de grasa que salió de la sartén, golpeándome en un brazo al mismo tiempo que recibía en plena cara un chorro de vapor ardiente que salía del puchero.

Di un bote y tiré la tapa del puchero hacia algo que, mira por dónde, era Amanda. Mi padre no vio nada de lo que pasaba porque no paraba de llorar por lo de la cebolla. Alargó el brazo, me atrapó por la oreja con la mano derecha y yo di un salto en el aire. Cualquiera habría saltado al recibir un impacto de cebolla frita en la oreja.

No tuve ninguna culpa de pisar a papá cuando estaba aterrizando y, como justo en ese momento él agarraba la sartén con su mano izquierda, todas las asquerosas cebollas fritas saltaron por el aire precipitándose sobre su cara y sobre mi hombro. Desde luego, fue un rudo golpe que las cebollas ardientes se pusieran en contacto con mi piel, que es ultrasensible. Bueno, lo que quiero decir es que estuve por lo menos una hora en estado de *shock*.

Amanda nos relevó en la cocina. Claro que nosotros ya habíamos hecho lo más difícil. Cenamos en silencio, una novedad muy agradable. De vez en cuando, Amanda echaba miraditas a papá a través de la maceta de la planta de las hojas rojas, que estaba ya medio muerta. La escena me trajo a la memoria otras parecidas de los viejos tiempos en que papá y mamá andaban en plena guerra nuclear.

Amanda y papá cenaron a toda pastilla. Cuando los adultos comen a toda pastilla sin dejar de mirar los platos que tienen delante de sus narices, te das cuenta perfectamente de que están enfadados o de que, más tarde, van a tener una discusión. En cambio, cuando no comen mucho, enarbolan cuchillos y tenedores, miran a los demás y hablan por los codos, entonces son felices.

Lo que es chungo es que con los niños pasa exactamente al revés. Si un niño no habla y se lo come todo, los adultos piensan que ése es un comportamiento estupendo. Si un niño intenta comer como un adulto feliz, riéndose y moviendo el tenedor arriba y abajo, los adultos se lo toman a mal.

Amanda dijo:

—Por cierto, esta noche voy a ver otro piso. ¿Te quieres venir?

Papá respondió:

—Estoy hecho polvo: no puedo.

Entonces, yo pregunté:

—¿Qué?

—Pues nada, que tenemos que irnos a vivir a otro lado. El Ayuntamiento se va a cargar este edificio porque van a ensanchar la carretera.

Me hice un lío con los espaguetis. ¡Mis dos hogares iban a desaparecer!

—Bueno, ya encontraremos algo —dijo mi padre amablemente.

—Sí, claro. Yo encontraré algo, quieres decir —soltó Amanda, y seguimos cenando muy serios y callados.

Papá me preguntó qué iba a hacer en Navidades; le dije que no lo sabía y él dijo que por qué no iba a South Island con ellos.

—¿A South Island? —pregunté fríamente.

—¡Sí! —contestó él la mar de excitado—. Iremos a las montañas, a lo mejor cogemos un barco, nos daremos un paseo por un glaciar, podemos visitar una colonia de albatros...

—Sí —contesté.

Me estaba pareciendo un plan tan cutre como lo de la granja de John.

—Y —siguió diciendo mi padre— buscaremos oro.

—¿Buscar oro?

—Sí.

—¡Anda! ¿Quieres decir que hay oro? ¿Que te lo puedes llevar?

—Esto..., bueno, algo así.

Eso era harina de otro costal. Si yo lograba encontrar oro en algún rincón aislado de South Island, valdría la pena todo lo que había que hacer para llegar allí; incluso los paseos con botas de montaña. ¡Qué raro que los viejos buscadores de oro se hubieran largado si todavía quedaba oro por aquellos parajes! Seguramente les faltaba voluntad.

—No sé si mamá...

—No te preocupes, hijo. Ya lo arreglo yo con tu madre —dijo papá.

Después de la cena no había nada que hacer, porque papá y Amanda no tienen tele. Me senté a la mesa de la cocina intentando poner en orden mis finanzas como lo había hecho Perky en el cobertizo. Faltaban diecinueve días para Navidades y tenía ahorrado siete pavos con cincuenta y siete. Pensé en telefonearla otra vez. Su foto era la única que valía la pena. A lo mejor podía persuadirla con mi encanto personal para que me comprara una. O varias.

Creía que me comprendería porque ella también arrastraba una vida muy dura. No tan cutre como la mía, desde luego, pero bastante dura. A lo mejor podría seducirla a base de cálculos económicos. Había estado pensando un montón y tenía una idea asombrosa que, de publicarla en un libro de texto, podría procurarme un millón de pavos por derechos de autor.

Marqué el número y ella contestó.

—Hola, soy Henry —silencio—. ¿Perky?

—Pero, bueno, ¿qué demonios te pasa? ¿Por qué no me dejas en paz? ¿Te gusto o algo?

Me quedé horrorizado. Me quemaba la oreja tanto que pensé que a lo mejor el auricular podría fundirse por el calor y quedarse pegado a mi oreja para siempre. Papá tendría que llamar a los bomberos. No pude articular palabra.

Entonces, ella dijo:

—¿Qué quieres?

Al menos a eso podía responder.

—¿Estás segura de que no me quieres comprar ni una foto? —le pregunté. Mi voz tenía un tono lastimoso. Creo que las mujeres se resisten menos a ese tipo de aproximación. La oí suspirar. ¿Sería que yo tenía razón?

—¡Por favor, Perky! —le dije. Me bajaba un sudor frío por el cuello que caía sobre el teléfono. Evitaría que el teléfono se fundiera.

—Henry, no me lo puedo permitir —dijo ella. Pero no estaba enfadada. Me estaba hablando como si yo fuera un bebé.

Entonces, me dijo una cosa realmente tonta. Me dijo:

—¿Qué pasaría si eso significara que tendrías que compartir tu dinero y al final tuvieras menos dinero del que tienes ahora? La riqueza es solamente una cuestión de suerte. Eso es todo, alguna gente tiene suerte y otra no.

—No, señora —le contesté—. Si tienes dotes para la economía...

—Sí, díselo a mi padre. Tenía una tienda.

Otra vez silencio. Lo rompí yo preguntándole:

—¿Y tú qué vas a hacer con tus ahorros?

—Me compraré el uniforme para ir al instituto. El año que viene.

Jamás había oído a nadie que quisiera comprarse el uniforme con sus ahorros.

—Pero ¿no te lo pueden comprar ellos? —le pregunté.

—Mis padres no se lo pueden permitir —contestó.

Me pareció una injusticia.

—Si te lo pagaran tus padres, podrías ahorrar y emigraríamos juntos.

No estaba en mis planes llevarme a nadie, pero fue la sensación esa de soledad la que me empujó a decírselo. De todas formas, una vez que las palabras salieron de mi boca y comenzaron a nadar por allí, haciendo círculos en el charquito de mi teléfono, caí en la cuenta de que era cierto. Me sentía solo. Era esa horrible sensación de que el año acaba, de que todo el mundo se larga y se divierte y de que hay madres de verdad, padres de verdad, y perros, y relucientes coches japoneses. Y yo ahí parado y casi sin casa. Y de los dos únicos amigos que tenía, uno era casi mudo, y la otra muy a menudo se transformaba en un erizo.

—Sí, sería fantástico —me dijo Perky, y no era la voz que ponía cuando iba de erizo. Estaba triste. Por poco tengo un infarto de miocardio. ¡Mira que si ahora se empeñaba en venir conmigo!

—Sí, pero como no puedes venir... —balbuceé—, porque, ya sabes, solamente la flor y nata de nuestra juventud es la que se pira. Ya sabes. Los mejores. Tú no podrías.

—Vale, guapo —dijo. Renacía el erizo—. ¡Pues emigra con tus flores y tus natas y déjame en paz! —y me colgó el teléfono de golpe.

Entonces, me fui al jardín a cuidar de mi oído. Me senté en un montón de cemento junto al asqueroso tendedero. Pasó un avión volando muy bajo y pensé en todos los ricachones que irían en él, todos de vacaciones. Eran unos roñosos que no compartían su dinero con nadie. Y ahí estaba yo: faltaban diecisiete días para Navidades y sólo había ahorrado siete pavos con cincuenta y siete. Y, de pronto, tuve otro pensamiento. Sobre Perky. ¡Alucinante! A lo peor era más pobre que yo. Me sentí fatal, cosa más rara todavía, ya que yo siempre había creído que ser más rico que los demás era algo que te hacía sentirte estupendamente.

10

Viernes, 9 de diciembre

Decidí que no perdía nada por presentarme al concurso del *Evening Post* con la foto de mamá y la pared, así que después del trabajo la metí en un sobre y la eché en el buzón del centro comercial. Cuando llegué a casa, justo después de que mamá me diera un achuchón con un solo brazo, porque el otro lo tenía ocupado con una brocha de la que goteaba pintura, apareció papá por la puerta de atrás.

—Hola a todo el mundo —nos dijo y, después, preguntó—: ¿Qué estás haciendo, Suzy?

Él siempre pregunta las cosas equivocadas. Era obvio lo que mamá estaba haciendo: quitando pintura de la puerta.

—Renuevo nuestra casita —dijo ella fríamente.

—Pero estás llenando el suelo de virutas de pintura. Lo vas a estropear. Sería mucho mejor que...

—¡No me digas lo que tengo que hacer! —la voz de mamá sonaba igual que el torno de un dentista—. Vienes aquí, que nadie te ha invitado, y empiezas a decirme lo que tengo que hacer...

Y siguió y siguió hasta que papá le dijo:

—He venido a hablar sobre las Navidades.

—¿Y qué? —soltó mamá con la misma actitud que uso yo a veces y que ella me critica tanto.

Papá suspiró. Parecía muy viejo y triste.

—A Amanda y a mí nos gustaría llevarnos a Henry a las minas de oro, a hacer *trekking*, montar a caballo y ese tipo de cosas. Nos vamos de vacaciones a South Island.

—Es estupendo —dijo mamá—, es estupendo que te lo puedas permitir.

Papá agachó la cabeza como hacen los pajaritos bajo el castaño cuando mi gata los mira y dijo:

—¿Te vendrías con nosotros, Henry?

Yo intentaba que mis cuerdas vocales reaccionaran y dijeran algo; pero entonces mi madre, que tiene unas cuerdas vocales estupendas, dijo:

—¿Cuándo sería eso?

En ese momento llegó John, se paró detrás de mamá y se quedó allí quieto. Nadie le hizo caso.

Papá respondió:

—Nos vamos desde la vigilia de Navidad hasta el dos de enero.

Me pareció bien que tuviera tanta previsión de futuro. Sin embargo, no tuvo un efecto muy positivo sobre mi madre.

Se irguió como una vara, lo fulminó con la mirada y articuló:

—¡Ene, O! —y siguió con que en Navidades quería estar conmigo y que no había más que hablar. Pero sí había más que hablar porque volvió al mismo rollo y luego repitió—: Henry se queda conmigo en Navidades, Jim, y no hay más que hablar.

Mientras tragaba un montón de aire, papá aprovechó para decir:

—Veamos qué piensa Henry.

Ambos me miraron.

Yo no pude devolverles la mirada. Me quedé mirando el suelo desnudo, como el que tenían los pioneros. Después, me largué a mi nuevo dormitorio que está empapelado de azul con gusanitos blancos.

—¿Qué pasa? Si estabas planeando las Navidades, ¿por qué has tenido que esperar hasta el último momento para invitarle? —gritó mi madre.

Mi armario temblaba y mamá seguía gritando:

—¡Pregúntaselo!

Mi padre hablaba con voz dulce y persistente.

—Oye —le dijo—, era sólo una idea. Me pareció que sería bueno para todos nosotros y que...

Entonces, John habló:

—Sé razonable, Suzy. A lo mejor no estaría mal que Henry fuera con ellos.

—¡*No!* —la voz de mamá superaba en intensidad a la de todos los demás—. Navidad es Navidad y no me apetece que Henry vaya a ninguna parte. Yo soy la que le educa y la que se lleva todos los marrones. ¿Por qué se va a ir contigo en vacaciones?

—¡Diablos! —exclamó mi padre—. Unas veces dices que no hago lo suficiente por mi hijo y ahora me acusas de que te lo voy a robar. Me voy.

—Suzy, a lo mejor Jim... —dijo John.

—¿De qué lado estás tú? —tronó mi madre—. Todos los hombres os apoyáis los unos a los otros. Lo que a ti te pasa es que no quieres que Henry esté con nosotros.

Entonces, rápido como una bala, caí en la cuenta de que aquella era una oportunidad de oro para hacer dinero. Si resultaba que yo era un objeto decorativo dentro del panorama navideño, por lo menos que me pagaran. Sorteé varios obstáculos, tales como la sierra mecánica y una caja de herramientas y, aprovechando el paréntesis en el que todo el mundo se llenaba los pulmones para volver a decir algo, dije desde lo alto de la escalera:

—Pasaré las Navidades con el que haga la apuesta más alta.

Me miraron con la boca abierta como si fueran peces. Entonces, mamá me ordenó:

—¡Baja de ahí, Henry!

Bajé y mamá me empezó a dar el rollo. Empezó a decir algo de punto uno, punto dos y punto tres, pero no escuché porque me interesaba mucho más el movimiento de sus manos.

Siguió con su sermón. Algo sobre que el dinero era demasiado importante para mí.

—No todo se puede comprar, Henry.

—¿Como por ejemplo?

—Las Navidades.

¡Qué tontería! O sea, ¿cómo sabrías qué es Navidad si nadie te regalara nada? A veces mi madre es una irracional.

—Tú pasarás las Navidades conmigo y no hay más que hablar.

—¿Y qué me vas a comprar, mamá?

—¿Y eso qué tiene que ver? Sólo te preocupa el dinero y eso está muy mal.

—Si a ti te preocupara más el dinero, seríamos ricos y felices, mamá.

—¡Qué chorrada! ¿Qué tiene que ver la felicidad con el dinero?

—Pues todo.

Entonces, ella gritó que ya estaba bien y pegó un puñetazo en la mesa. Los hombres estaban más quietos que esos enanitos de escayola que la gente pone en los jardines. Le dije que me apetecía mucho ir a buscar oro.

Entonces, ella le pegó un grito a papá:

—¡A buscar oro! Le estás manipulando. En vez de enseñarle que está muy mal obsesionarse con el dinero, estás utilizando su manía para llevártelo de vacaciones.

—¡Estás completamente loca! —gritó papá.

—¡Yo no estoy obsesionado con el dinero! —grité yo a mi vez—. ¡Lo único que quiero es emigrar!

Mamá se quedó mirando la mesa. Y no es de esas que te compras para quedártelas mirando

94

constantemente. Ni siquiera es de madera como las que tienen en los hogares de verdad. Es de formica. John se había quedado mirando a mamá. Yo miré la mesa también y vi que mamá tenía los ojos fijos en un copo de avena fosilizado.

—Lo siento —le dije y empecé a rascarlo con el dedo a ver si desaparecía.

—Ya lo ves, John. Ya lo ves. ¡Lo que yo te decía! Este hombre hace que el pobre Henry se sienta tan culpable que está todo el rato diciendo que lo siente. ¡Qué horror! ¡No se puede obligar a un niño a que elija con quién pasar las Navidades! Quiero decir que...

Dejé de rascar el copo de avena y miré a mamá. La verdad es que dice unas cosas rarísimas.

—Henry, estas Navidades nos quedamos todos en casa y se acabó.

—¿Quiénes son todos? —pregunté.

—Todos. Tú, yo y John, claro.

—Ya.

—Es típico de tu padre planear unas Navidades contigo cuando tú no puedes ir con él. Tú siempre pasas las Navidades conmigo. ¿Está claro?

—Pero también solía pasar las Navidades con papá.

Entonces, se hizo un silencio. Un silencio muy agradable y, mientras, mamá y yo seguíamos mirando el copo de avena y los enanos de escayola se miraban los pies. Por fin, mi madre dijo:

—Henry, ¿no ves que hago lo mejor para ti? Si no fuera por ti, ya estaría viviendo en Bunnythorpe.

—Pues fenomenal, mamá. Te puedes ir ahora mismo. Alquilaré la casa y viviré en el cobertizo hasta que haya ahorrado lo suficiente para emigrar.

Papá se empezó a reír. Mamá se levantó de la mesa como si fuera una cápsula espacial y gritó:

—¡Me voy! ¡Me voy a vivir con Jill! ¡No os soporto!

Los enanos no se movieron. Pero mi rapidísimo cerebro cayó en la cuenta de que si mamá se iba tendríamos un problema añadido.

—Mamá...

—¿Sí?

—Mamá, si te separas de John, ¿quién acabará la casa?

Era una pregunta muy sensata, me parece a mí, que demostraba una seria preocupación por nuestro futuro. Mamá pasó a mi lado como un rayo en dirección a la puerta de salida y pegó un portazo de «no te menees». La campanita de cobre nueva, que acababan de poner en la puerta, estuvo años y años haciendo ruido, y nosotros tres nos la quedamos mirando fijamente durante muchísimo rato.

11

Aquella misma noche, John pintó el dormitorio de mamá con mucha tranquilidad, mientras ella no hacía más que llamarnos por teléfono. Una de las veces fue para decirme que no dejara de comer lechuga para cenar, otra para preguntarme cómo me había ido en el cole. En cambio, papá no llamó ni para eso ni para nada. Aunque mamá había reñido con John, vino un montón de veces durante todo el fin de semana para chillarle. Estaba claro que le hacía mucho más caso que a mí. Y John seguía pintando sin parar.

No pude ganar ningún dinero. Sólo fui capaz de estar tumbado bajo el castaño en un avanzado estado de estrés y pensando cómo iba a contar todo aquello en mi autobiografía. Estaba en peligro de perder a mi padre, a mi madre, mis dos hogares, el colegio al que había ido toda la vida y a los amigos de siempre que, a partir del curso que viene, irían al instituto. Y, lo peor de todo, en vez de tener mil dólares, mis ganancias no llegaban ni a los ocho.

Lo único que tenía claro era que no me apetecía lo más mínimo pasar la Navidad ni con mi padre ni con mi madre. Era necesario emigrar antes. Hice de ello mi más serio propósito. Necesitaba reunir novecientos noventa y dos con cuarenta y tres centavos. Ni siquiera ganar la apuesta de los cincuenta dólares me parecía tan importante como abandonar a mi padre y a mi madre. Se lo merecían.

Lunes, 12 de diciembre

Conseguí evitar a Perky en el cole, lo que no fue nada difícil porque ella hizo lo mismo conmigo.

Después, le llevé una pastilla de jabón a la señora Young. Se enrolló con aquello de que durante toda su vida había pasado unas Navidades fenomenales en la playa y que, en cambio, ese último año se había quedado sin nada. Le dije que yo no tenía la culpa, pero ella siguió con el rollo.

Era mi día de paga. Dieciocho dólares con cuarenta. El farmacéutico no me pagó extras por los rollos de la vieja señora Young. Es un tipo de esos que explotan a los niños de mala manera. Mentalmente sumé la paga a mis ahorros: hacía un total de veinticinco dólares con noventa y siete.

Allí iba yo; volvía a casa en bici en avanzado estado de descomposición. Muerto de hambre. Veía visiones de hamburguesas y patatas fritas que flotaban ante mis ojos al compás de los pedales. Y luego aparecía mi madre ofreciéndome sin parar pastelillos de fresa y bollos de crema.

Llegué a nuestra casa recién pintada. Alguien pasaba la cortacésped. No había deliciosos olores a hamburguesas o a patatas fritas. Mamá no podría oír mis gritos reclamando comida, porque la máquina hacía un ruido infernal. En aquel preciso momento, caí en la cuenta de que se había largado a vivir con Jill.

Para intentar recuperarme, llené de agua la jarra eléctrica y la puse en marcha. Saqué la cabeza por la ventana de la cocina y me quedé mirando a John, que cortaba el césped. Al darme cuenta de que él tampoco podía haber oído mis gritos, cogí el silbato que mamá guarda al lado del teléfono y que usa si hay alguna llamada de esas que califica de indeseables y pegué un soplido. John dio un salto en el aire y la cortacésped también. ¡Bang! Fue un ruido sorprendente. La máquina se cargó el cable, con lo cual salieron despedidos trozos de plástico y de cable por todas partes: parecían gusanos naranjas.

John entró sin ni siquiera quitarse las botas. Quitó la electricidad y se me quedó mirando como si yo tuviera la culpa de todo.

—¿Está la cena? —le pregunté entonces.

—Supongo que para ti ya debe ser hora de cenar, claro —me dijo tranquilamente.

John es un hombre muy tranquilo. Yo estaba preparado para un griterío y no hubo ninguno.

—¿Dónde está mamá? —le pregunté.

—En casa de Jill.

—¿Estáis enfadados todavía?

—Bueno, más bien sí. He pensado que iba a

limpiar la parte de atrás del jardín y a cortar el césped. Para impresionarla, ¿comprendes?

—¿Y por qué te tomas tanto trabajo?

—Bueno, Henry. Porque la quiero. Por eso.

—Pero —no supe qué decir. Después me vino la inspiración—: Oye, sólo porque mi madre te compre patatas fritas y cerveza de la más cara, no te vayas a pensar que tiene pasta, ¿eh?

John se echó a reír y salió al jardín a recoger los desperdicios naranjas y meterlos en una bolsa de plástico. Yo fui tras él.

—Enamorarse no es un proceso racional, Henry.

—Pues debería serlo.

—¿Me echas una mano, colega?

Yo acabé de recoger los destrozos, John desenchufó la máquina y después conectó la luz otra vez.

—Henry, ¿dónde puedo esconder esto? Si lo encuentra...

—Te mata.

—Pues sí.

Caí en la cuenta de que incluso los hombres hechos y derechos tienen miedo de mi madre. Era una cosa rarísima que pudieran enamorarse de ella al mismo tiempo. John está más loco que una mantis religiosa. Los machos dejan que las hembras se los coman vivos.

—Lo meteré en el contenedor de basuras de mi cole, si me llevas en coche y si después me haces la cena —le dije para ver si llegábamos a un acuerdo.

—¿Sabes lo que te digo, colega? —me propuso él—. Después de que nos hayamos librado del cuerpo del delito, te llevo al centro a cenar.

Y eso hicimos. Fuimos a uno de esos sitios en los que tienes a un camarero que va y te toma nota de lo que quieres cenar. No sé de dónde saca John el dinero, siendo sólo un granjero. Le pregunté si su relación con mamá iba a ser estable y duradera y él me contestó que sin duda alguna. Me pareció muy chungo visto que ella se había ido a casa de Jill.

Le pregunté que si tenía mucha pasta o bonos del Estado. Me dijo que sí, que tenía algún dinero invertido. Cuando pagó al camarero, pude observar que llevaba el monedero lleno de billetes.

Cuando volvimos a casa, estaban todas las luces encendidas. Rabiosamente encendidas. Allí estaban mamá y Jill.

Mamá gritó:

—¿Cómo volvéis tan tarde? ¿Dónde habéis estado? ¡Mirad esto!

En su mano había una jarra eléctrica carbonizada. Se parecía un poco a la nuestra, sólo que la nuestra era de color blanco.

—¡Se podía haber incendiado la casa!

Sí. Era nuestra jarra eléctrica.

John se tumbó en el sillón de la sala en silencio y mamá preparó las pilas para reducirme a cenizas.

—Mamá, John te ama —le dije rápidamente—, me lo ha contado. Y ha limpiado todo el jardín y ha pasado la cortacésped por el jardín. Todo por ti, mami.

—Querrás decir la mitad del jardín.

—Pero, mami, eso ha sido..., bueno..., es que no pudo...

—Pereza.

—No, no es eso.

De la sala llegó un gemido muy débil:

—He cortado el cable.

—Mira, mami, es que yo he cogido el silbato y he pegado un soplido que...

Mamá miró a Jill. Salieron a la oscuridad de la noche. Empezaron a dar gritos y se morían de la risa. Se abrazaban dando botes sobre la hierba y casi se ahogan. Entonces, mamá volvió a entrar como una bala y se puso a besuquear a John, y Jill y yo nos miramos sonriéndonos el uno a la otra sin motivo alguno.

Después, mamá entró en la cocina y me dijo:

—Y en lo que se refiere a ti, Henry, nos vas a comprar una jarra nueva. Ya que trabajas, puedes pagar las consecuencias de tu descuido.

—Pero... ¿cuánto cuesta eso? —mis cuerdas vocales parecían espaguetis secos.

—Pues, hombre, unos cuarenta dólares —supuso Jill—. Me parece que eres un poquito dura con él, Suzy.

Mamá la ignoró. Comprendí que nada peor me podría suceder en la vida. Tragedia total.

Mi madre reunió todo el aire que pudo almacenar en los pulmones y soltó lo siguiente:

102

—Acabo de decidir que el año que viene me voy a vivir con John a Bunnythorpe. Y tú, Henry, irás a un internado.

12

Martes, 13 de diciembre

Después del cole, me fui a comprar la jarra. Era la jarra eléctrica más barata y más prehistórica que encontré. Del tipo que probablemente usaban los pioneros. Costaba veinticinco dólares con noventa y cinco. No tiene encendido automático, no es de diseño, no tiene nada. Le di al vendedor casi todos mis ahorros. Todo lo que había ahorrado para la operación «Fuga de cerebros». Ahora entendía lo que Perky quería decir. La riqueza era cuestión de suerte y yo no la tenía.

De vuelta a casa, al pasar entre Megatón y la puerta mohosa y verdinegra, vi que Blubberbag, desafiante, bufaba a Supercushion. La eché y se largó a donde estaba Joe. Joe me vio y me dijo:

—Bueno, ¿vas a cortar el césped o no?

Así que me pasé una hora recortando su jardín, que más bien parecía la jungla, y conseguí cinco dólares para mi emigración. Cuando volví a casa, mientras subía las asquerosas escaleras, mi madre me gritó:

—¡Date prisa! Es la fiesta de fin de curso. ¿Es que se te había olvidado?

En media hora tuve que ducharme, lavarme el pelo y ponerme ropa nueva. Todo el mundo sabe que para ponerse ropa nueva se necesitan años y años. Hay que acostumbrarse a ella. Papá me había dejado una corbata y yo me había pasado años y años aprendiendo a ponérmela con la ayuda de John. Todavía me dolía el cuello por intentar mirar lo que estaba haciendo. También tuve que plancharme mis vaqueros. Mamá nunca me los plancha y yo estoy seguro de que cualquier financiero que se precie lleva vaqueros planchados. Me parecía la mar de chungo tenerme que poner calcetines en pleno verano, pero lo hice porque nunca he visto un financiero sin calcetines.

Mamá siguió chillando que me diera prisa y que no tenía tiempo de cenar. John me dijo que «ya». Muy serio. Me pareció que demasiado serio para alguien que no es de la familia. Apuesto a que él sí se sentía de la familia. No había más que verle cómo se ponía junto a ella. La verdad es que yo me llevé mucho mejor con él mientras estuvo enfadado con mamá. Cosas raras...

Entonces, mamá le dijo que nos sacara una foto con la cámara de Amanda, pues yo no se la había devuelto todavía. John nos sacó la foto. Nos retratamos con el césped que no había terminado de cortar, el castaño y la gata detrás. Como estábamos de cara al sol, retorcíamos los ojos como trapos de secar los platos, mientras nuestros pies y tobillos estaban escondidos en la hierba como si fuéramos plantas. No fui capaz de sonreír porque necesitaba novecientos noventa y cinco dólares urgentemente y sólo tenía doce días para conseguirlos. Cuando escriba mi biografía, no pienso poner esa foto.

No sé por qué tuvo que venir John a la fiesta de fin de curso. No sé qué pintaba, después de todo, si papá también iba a estar. Pero supongo que forma parte de la vida de mamá igual que Amanda de la vida de papá. Lo que estaba claro es que yo iba a tener que pasar una vergüenza total entrando por la puerta del cole con dos padres y dos madres.

Papá miraba hacia todas partes y escondía sus dedos manchados de grasa detrás de la espalda. Ni él ni John llevaban corbata.

Amanda y mamá también parecían muy avergonzadas. Amanda no es muy alta, así que para ver por dónde va estira mucho el cuello. Para colmo de males iba vestida de hombre.

Mamá es muy grande y encima llevaba un vestido rojo. No hacía más que fisgonear a ver a quién veía. Parecía el trofeo de la Copa de América. Menos mal que el director del cole debía saber cuáles eran mis sentimientos e hizo que los padres se sentaran en la parte de atrás.

Nosotros, los de nuestra clase, nos sentamos en la primera fila. Allí quietos sin nada que hacer. Yo no dejaba de darle vueltas al asunto de cómo lograr novecientos noventa y cinco dólares, mientras el dire soltaba un discurso y padres, madres, hermanos y hermanas rebullían detrás de mí.

Perky estaba sentada justo delante de mí, venga a reírse, lo que prueba que no es lo suficientemente madura para emigrar conmigo. Nos ignorábamos totalmente. Entonces, la señora Matthews se levantó para decir algo, yo la miré y ella me miró a mí. Desvié la vista hacia mis zapatos y en ese preciso instante vi los pedacitos de plástico naranjas, que se habían pegado alrededor de mis piernas como si fueran dos tobilleras peludas. Tenía, además, como un millón y medio de briznas de hierba en los vaqueros y otro tanto en mis calcetines negros.

Entendí por qué se reía Perky. ¡La maldita foto había sido la causante del desastre! Caí en un pánico profundo. ¿Cómo iba a salir al estrado a recoger mi libro para que me viera todo quisque lleno de pedazos de cable y de hierbajos? Intenté sacudírmelos.

—Los alumnos cantarán ahora una canción —graznó la señora Matthews.

Todo el mundo se levantó. Me estaba muriendo de la vergüenza. Como no me podía quitar aquellas porquerías sin llamar la atención, me frotaba una pierna contra la otra, intentando disimular. Gavin estaba junto a Perky y empezó a reírse y a murmurar. Me puse tan colorado que creo que se me hinchó el cuello y pensé que me iba a estrangular con el cuello de la camisa. Si Gavin me hubiera dado un manotazo en la espalda, mi cabeza habría salido disparada como el corcho de una botella de champán.

Gracias al cielo todo pasó y nos volvimos a sentar. Creí que por fin había llegado el momento propicio para quitarme aquello de mis tejanos, pero es muy difícil agacharte e intentarlo cuando debes tener la cabeza erguida para que nadie sospeche. Entonces, la señora Matthews empezó a llamarnos por nuestros apellidos.

—Andrews —dijo.

Gracias a Dios que mi apellido no empieza por A. Comencé a quitarme cosas de mis tejanos a la altura de las rodillas. Sin poderlo evitar, bombardeé a Rachel, que es la anterior a mí porque su apellido es King, con un trozo de plástico. Se lo quité rápidamente, pero ella dio un chillido y todo el mundo se creyó que había intentado abusar de ella. ¡Como mínimo!

La señora Matthews tiene unas orejas que, cuando se enfada, se ponen de un brillante color rojo. Pues estaban tan brillantes que parecían los pilotos de un horno.

Para entonces, el suelo estaba totalmente cubierto de plásticos naranjas y todos los chavales tropezaban con ellos y se reían, y yo no podía hacer nada de nada.

—Henry Jollifer —dijo mi profesora.

¡Mi nombre! ¡No! ¡Todavía no! Tenía aún un montón de cachitos sobre mis tejanos. Lo repitió.

—Hen-ry Jo-lli-fer —dijo y lo hizo como si en vez de dientes tuviera dos hileras de caninos. Tuve que ir. Cuando me levanté, miré a mi alrededor y sobre el mar de cabezas pude ver una que sobresalía entre todas las demás y me hacía horrorosas muecas. Tenía una cresta en el cabello. Era mamá.

Mientras subía a la plataforma, sentía que los trozos de cable de una de mis piernas querían unirse a los trozos de cable de la otra, como si fueran imanes. Hice como si nada y miré al frente, pretendiendo que mi cuerpo acababa en las rodillas.

La señora Matthews me enseñó los caninos. Entregó un libro al director, yo alargué mi mano para recibirlo y, sin comerlo ni beberlo, vi que encima de mi dedo anular bailaban tres cachitos de cable.

Como retiré la mano justo en el momento en que el director me daba el libro, éste cayó al suelo. Ambos nos agachamos para recogerlo y él pudo ver los adornos de mis vaqueros con todo detenimiento. El público se moría de la risa. Yo lo miré por el hueco de mis piernas y me di cuenta de que todos me observaban.

Una persona menos fuerte que yo se habría desmayado, pero yo no. Yo me incorporé. Saqué mi otra mano y el señor Elgar me puso el libro en ella. Todos los chavales se reían y también algunos padres. Volví a mi asiento y por el camino me crucé con Rachel. Ella me evitó y la gente se rió otra vez.

Después de estar sentados durante años y años y de levantarnos y volver a cantar, hubo una gran confusión. La fiesta había terminado. Los bebés lloraban. Los chavales se gritaban los unos a los otros como en el recreo y, por alguna extraña razón, me encontré rodeado de un grupo de admiradores, o así me lo pareció. Durante medio segundo supe lo que era ser famoso; entonces alguien me tiró de la manga y me dio una pegatina que, por lo visto, tenía yo pegada a la espalda y que decía: «Crema especial para montar. Consumir preferentemente antes del 25 de diciembre».

Estaba tan avergonzado que me sentí como una nube flotando en el firmamento. Creo que tuve una especie de experiencia astral. Después, me senté en un rincón oscuro, todo lo lejos que pude de la mesa de los canapés. Quería estar solo.

Pero me fue imposible.

—Henry, ¡querido! —mamá me besuqueó como si fuera un gran pez. Me dijo algo de que no me preocupara. Que ya se había acabado el año. Luego, se fue a la máquina de café. Me senté una vez más con la sensación de no contar con ni siquiera un amigo en todo el mundo y sabiendo perfectamente que tenía una enemiga. La peor de todos: Perky. Seguro que era Perky la causante de mis males. Jamás volvería a hablar con ella.

Me sentía como un extraterrestre. Me quedé en aquel rincón como si estuviera envuelto en unas cortinas. Un montón de críos daba vueltas a mi alrededor.

Gavin estaba por allí: hablaba con el dire con un pie metido en un cubo de basura. Se cree muy gracioso. Va a ir a un instituto que es sólo para chicos. Bueno, a lo mejor no le vuelvo a ver. Llevaba una corbata de ante y arrastraba el cubo de basura de un lado a otro. Al dire no parecía importarle. Pero también es verdad que la mirada del señor Elgar dice menos que la de un pez que colgara desde hace un montón de tiempo del anzuelo de una caña.

Los padres de Rachel habían llegado ya a la puerta y no hacían más que cotorrear con los de Gavin sobre el *surf* y las compras, hasta que se fueron todos juntos sin dejar de parlotear.

—Adiós, Rachel.

—Adiós, Gavin.

Se dijeron adiós rodeados por sus familiares.

Vi que mi padre y Amanda hablaban con la señora Matthews y con un tío muy extraño que parecía una seta. Tenía una cabeza muy grande y una piel muy lisa, sin ninguna arruga. Supongo que sería el señor Matthews.

La madre de Marvin hablaba con la mía. Es una pija y tan delgada que sus codos parecen cucuruchos de helado. No tiene nada que ver con mamá. A la madre de Marvin no le gusta un pelo la mía. Se notaba a la legua. Se apartaba de ella con sus tacones firmemente clavados en el suelo, uno de ellos más atrás para mantener el equilibrio.

Marvin se acercó con su madre. No le había dicho nada del anuncio. Yo no le he contado a nadie que mamá me ha amenazado con mandarme a un internado, así que dije: «Ya nos veremos», como si Marvin y yo coincidiéramos en la misma clase el año que viene. Estuvimos un rato juntos haciendo como si todo fuese normal.

Observé cómo hablaba Amanda con todo el mundo, aunque no conociera a nadie: movía la cabeza arriba y abajo como el pistón de un motor. Papá estaba a su lado y me di cuenta de que él se quedaba mirando a John por encima de las cabezas de unos maestros. Mamá estaba riéndose en compañía del señor Elgar. Entonces John se abrió paso hasta llegar a donde estaba mi padre y se quedó con él, sin decir una palabra. De vez en cuando papá se alzaba sobre sus talones y luego descendía otra vez.

Marvin y su madre se marcharon y yo seguí con la sensación de que mi mundo había sido destruido. Perky apareció con un plato de galletas. Yo me estaba muriendo de hambre.

—¿Quieres una? —me preguntó.

—Estarán envenenadas, ¿no?

Me sonrió sin desanimarse.

—Ahora estamos uno a uno —me dijo—. Me has estado dando la lata y yo me he vengado. Ya está. Es justo.

—¿Cómo que es justo? ¡De eso nada! —le dije. Estaba deshecho—. Vete. Desaparece. Vete a presentar a tus padres a los profes —le dije con rabia.

—Mis padres no están aquí —me dijo.

La miré e intenté odiarla con todas mis fuerzas. Me sonrió. Entonces me acordé de su padre y caí en la cuenta de que había metido la pata otra vez. O sea, que yo ya sé que puedo ser asqueroso con alguien, pero no tan asqueroso. Como no sabía lo que hacer, volví a enrollarme metafóricamente en la cortina y me escapé de su lado.

—Venga, Henry, seamos amigos. Te lo digo de verdad —me propuso ella, sin desanimarse.

Fue horrible.

—¿Cuánto has ahorrado este fin de semana? —me preguntó entonces.

—Nada —le contesté, sintiéndome mucho peor aún.

—¿No te pagó el farmacéutico?

—¿Y a ti qué te importa? Tú sólo quieres tus cincuenta dólares.

—Olvídalo, Henry —dijo ella.

Me quedé en silencio, quieto, envuelto en mis cortinas imaginarias, respirando polvo por todas partes y pensando sin parar. Intenté recordar la pinta que tenía Perky y qué llevaba puesto el día que había recogido el premio por ser la primera de la clase. Llevaba las mismas ropas viejas de toda la vida. Ni siquiera se había molestado en cambiarse. Pero luego me di cuenta de que seguramente había venido derecha de repartir los periódicos. Me sentí fatal. Murmuré desde la profundidad de mi cortina:

—Podías habérmelo dicho. Te habría ayudado a repartir los periódicos.

—Gracias —me dijo ella—. Me hubiera gustado hacerlo, pero estaba enfadada contigo.

Entonces, me acordé de que yo había tenido que comprar la jarra eléctrica, entregar los pedidos y pasar la cortacésped por el jardín de Joe, así que de todos modos no habría tenido tiempo. Le conté la historia de la jarra y me dijo que mi madre había sido muy dura y que yo no tenía suerte. Pensé que, por fin, alguien me comprendía. Pero me sentía muy deprimido todavía. Si Perky tenía razón y sólo los afortunados conseguían dinero, lo iba a llevar claro toda mi vida.

Papá me dio un manotazo en el hombro y me comunicó que ya se iban. Vi que mamá le estaba diciendo a John que nos fuéramos también. Miré a mi alrededor para decirle a Perky que la podíamos llevar a casa, pero ya no la vi. Salimos del cole.

Me pareció muy raro que todo el mundo estuviera en nuestro patio diciéndose adiós porque, en vez de estar los chavales solos, estaba todo lleno de familias, y no era lo mismo. Es decir que yo, por ejemplo, no habría conocido a Marvin como le conozco si su madre hubiera estado en clase con nosotros. Sentí otra vez un montón de soledad, pero me acordé de mi conversación con Perky y me dije que quizá había una persona en el mundo que me entendía. Era mi único apoyo para seguir pensando en emigrar.

Mamá, John y yo nos metimos en el coche. Cuando John encendió las potentes luces de Megatón, tuve un brillante momento de inspiración. Si no podía ahorrar los mil dólares para ir a Nueva York, quizá habría sitios más baratos en el mundo a los que se pudiera emigrar. Más cerca. Como, por ejemplo, Australia. Eso está al otro lado del mar y no queda tan lejos: Gavin suele ir a menudo. A lo mejor, vendría a visitarme. Cualquier amigo sería mejor que no tener ninguno. Aunque fuera Gavin.

Nuestro coche enfiló la carretera principal. Faltaban dos semanas para Navidad. Cualquiera podía ahorrar el dinero de un billete de avión para llegar a Australia, y con un poco de suerte, incluso de dos, uno para Perky y otro para mí.

En ese momento nos la cruzamos, subida en su pesada bicicleta. Nos saludó con la mano. Mamá dijo que era una chica que necesitaba vacaciones y yo me pregunté por qué mamá nunca piensa en mis necesidades y sí en las de las otras personas.

Pasamos por Box Street; la calle no estaba iluminada con adornos de neón ni nada. Los faros de nuestro coche abrieron una especie de túnel entre las tinieblas. Tal y como yo imaginaba que eran mis esperanzas.

13

DESPUÉS de la fiesta, el sol lució sin parar toda la semana y las cigarras no pararon de cantar, como sierras mecánicas en miniatura. Todo el universo, menos yo, se preparaba para las Navidades. Mamá no hacía otra cosa que ir a fiestas. Fiestas en el trabajo, fiestas después del trabajo y fiestas en casa de sus amigos. Aquellos que aún tenían cuatro paredes y un techo que les cubriera. John daba vueltas por todas partes haciendo pequeños arreglitos aquí y allá. Mi gata se estiraba al sol, bajo el castaño, vigilando por si aparecía Blubberbag en el horizonte.

Yo no paraba de trabajar. Rudo trabajo manual, no el tipo de trabajo que a uno le hace sentirse bien. Trabajé como un esclavo por cantidades microscópicas de dinero y decidí que cuando sea rico y cambie el mundo, pondré mucho cuidado en que la gente que ama su trabajo gane menos pasta que los que trabajan sólo por dinero. Eso hará que las cosas sean mucho más justas.

Éstos fueron mis trabajos:

—Cortar el césped de Jill, que está en cuesta. Cinco dólares.

—El de Joe, que había vuelto a crecer. Cinco dólares.

—El de papá. Ídem.

—Limpiar el sótano de Joe. Pilas y pilas de revistas sobre armas y números atrasados de *El Semanario de la Mujer*. Diez dólares.

—Un pastel navideño y una lata de espárragos que llevé a la señora Young. Espero que no me invite a cenar a su casa. Cinco dólares.

—Limpiar la plata que perteneció a la madre de Amanda. Cinco dólares.

—Los pedidos de la farmacia. Dieciocho dólares con cuarenta centavos.

El señor Garbett me dijo que ya no tendría que volver más a casa de la señora Young.

—Supongo que estarás contento —dijo, pero yo no lo estaba. La última vez que había ido a su casa habíamos estado charlando sobre finanzas y se había mostrado cantidad de simpática. Cuando le dije que estaba ahorrando para marcharme del país, me contestó: «El hecho es que Nueva Zelanda no se merece gente tan estupenda como tú, querido mío. Así es».

Se ve que la anciana no es estúpida.

—¿Por qué? —le pregunté al señor Garbett temiendo que se hubiera enterado de que le había pedido ayuda económica.

—Pues porque no me ha pagado sus tres últimos pedidos. Estas viejecitas no tienen nunca un dólar, sin embargo esperan que uno siga sirviéndolas; pero es imposible. Mal negocio.

Pensé que era un roñoso y que había hecho bien en llevarle las cosas de la tienda. Ella me había dado el dinero para pagar las compras. Tuvo confianza en mí y me lo agradeció.

En casa nadie me había dicho nada. Nadie

había apreciado todo lo que había trabajado. Cuando alguien lo haga finalmente, por ejemplo, cuando me entrevisten para la miniserie de mi autobiografía televisiva, les contestaré: «Imaginaba ser un faro que brillaba entre las tinieblas».

En total, conseguí ahorrar cincuenta y tres pavos con cuarenta, y si a eso añadía los cinco dólares que me pagó Joe por cortar su césped y mis dos últimos centavos, hacían una suma de cincuenta y ocho dólares con cuarenta y dos. ¡Eso sí que era pasta! ¡Por fin!

Miércoles, 21 de diciembre

En uno de los raros momentos en los que podía descansar bajo mi castaño favorito, fui capaz de visualizar lo siguiente: El faro que brilla en la oscuridad se funde en una escena en la que yo estoy en mi yate pasando por debajo del puente del puerto de Sidney. En el puente hay un cartel que dice: «Bienvenido, Henry». Miles de admiradores. Motoras rápidas giran alrededor de mi embarcación. Henry, el millonario con bigote, en su yate de un millón de dólares, vuelve a la tierra que fue la primera en reconocer sus grandes dotes para las finanzas, cuando él solo, a la edad de trece años y pobre como una rata...

La voz de mamá perforó el silencio:

—Henry, estoy harta de verte tirado por ahí sin hacer nada.

—Estoy haciendo planes para emigrar.

—No seas tonto.

—Ya te he dicho que me voy a marchar.

La mejor manera de lidiar con mi madre es decirle la verdad. Aunque nunca se lo cree, por lo menos me la quito de encima.

—Escucha, cielo —me dijo—. Ya sé que te quieres ir de vacaciones. Ya sé que uno se encuentra solo cuando ya no hay cole y todos sus amigos se han largado. Pero tienes que tener paciencia.

—¿Paciencia? Lo que tengo que hacer es ahorrar para mi billete antes de que vendas esta casa. ¿Es posible que no te hayas enterado de que toda esta semana he estado trabajando como un esclavo?

—¡Henry, te estás poniendo la mar de difícil!

¡Yo! ¡Difícil yo! Mamá se sentó a mi lado y empezó a quitarme hierbas de la camiseta. Mi madre es el peso más enorme de mi vida. Imposible quitármela de encima.

—Escucha, Henry. Siento haber dicho eso del internado. Ya sé que un internado no es cosa para ti. Y ya sé que vivir en Bunnythorpe tampoco, pero confía en mí. Lo conseguiré por el bien de nosotros dos.

—Por ti y por John, querrás decir.

—No, cielo. Por ti y por mí.

No la creí. Antes me creía que yo era muy especial para ella, pero ya no. Se me acercó para darme un achuchón, pero yo fui más rápido, di un salto y me largué. Quería ir a la ciudad a ingresar mi dinero en el banco y a preguntarle a la madre de Marvin en la agencia de viajes si tenía pasta suficiente como para llegar a Australia. A lo mejor, si iba de pie en el avión... Así que me fui corriendo hasta la parada del autobús. Tuve que pagar setenta centavos y eso me dejó cincuenta y siete dólares con setenta y dos.

La ciudad tenía mucho ambiente. Había gente que cantaba villancicos. Iban vestidos de largo y llevaban una especie de volantes —como los de los payasos— alrededor de la cara. Supongo que servirían para empapar el sudor que les resbalaba a chorros por los cuellos.

Primero fui a la agencia de viajes. La madre de Marvin me dijo que el viaje a Australia costaba quinientos cincuenta dólares. Le dije que eso era una barbaridad. Ella me contestó que hiciera el favor de no hacerle perder el tiempo. Yo me puse más colorado que un tomate, así que me largué a la heladería cercana y pedí un batido. Me pareció un gasto totalmente necesario.

Estaba rodeado por un mogollón de gente que arrastraba enormes bolsas de plástico, llenas de rollos de papel de envolver, que sobresalían por el borde. ¡Hala, todo el mundo! Comprando sin parar, comprando, comprando para Navidad. Y eso que dice mi madre que el dinero no tiene nada que ver con la Navidad. Ésas son las mentiras que los padres dicen a sus hijos sin menear una pestaña.

Mientras bebía mi batido, volví a sentir que era un extraño total. Todo el mundo celebraba la Navidad porque tenían mogollón de pasta. Todo el mundo tenía un montón de amigos y se lo pasaba chachi. Me levanté y me fui a la parte de atrás de la cafetería porque no me pareció elegante estar allí solo. Miré por la ventana y vi a Marvin y Perky que paseaban juntos. Aunque no sabía si Perky me odiaba todavía, di un golpe con los nudillos en el cristal pensando que cualquier amigo era mejor que ninguno. La tía de Marvin le había soltado diez pavos. Y es que hay gente que tiene suerte. Así que pidió un batido, pidió tres pajitas y lo compartimos. Fue un detalle por su parte. Le dije a Marvin que los diez dólares de su tía eran la prueba de que mis teorías económicas eran ciertas. Empecé a explicarle lo injusto que era el mundo.

—Fíjate —le dije—, incluso los viajes son injustos. ¿Por qué tengo que pagar yo para emigrar, si lo que quiero es unirme a la operación «Fuga de cerebros» de este país, precisamente porque soy listísimo?

—¿De qué me hablas? —me preguntó Marvin.

Perky se rió y dijo que esa teoría me convertía en un palomo.

—Ya sabes. Las palomas vuelan alrededor del mundo.

Marvin empezó a imitar los ruidos que hacen las palomas. Se reían de mí. La verdad es que cuando están juntos son una plasta.

—Bueno —continué—, ¿por qué los padres se gastan miles de dólares para que sus hijos estudien en un internado, en vez de darles el dinero a ellos y dejar que se lo gasten como les dé la gana?

Marvin siguió haciendo el palomo.

—Porque se supone que los padres saben lo que es mejor para ti —dijo Perky.

—¡Pero no es así! —grité—. ¿No es verdad que cantidad de chavales preferirían quedarse con el dinero del uniforme, en vez de tenérselo que comprar, que es lo que quieren los padres?

Perky se puso a mirar por la ventana. Caí en la cuenta de que había utilizado un ejemplo estúpido y me dio mucha rabia. Lo desastroso con las chicas es que cuando hablas con ellas tu cerebro funciona más despacio. Para cuando te das cuenta de que lo que debías de haber dicho era otra cosa, ya es demasiado tarde.

—Perky —le dije—, lo que te quiero decir es que la injusticia está en lo diferente que es ganar dinero para ahorrar. O sea, que ganar dinero no es difícil. Cualquiera puede encontrar trabajo. Lo difícil es...

Ella estaba mirando por la ventana otra vez. Mi mente se había quedado atrapada por mi boca. Me sentí peor que una fresa pisoteada. Me habría gustado esconderme y pensé que iba a ser muy duro llegar a ser un buen hombre de negocios.

—Lo que quiero decir es que, una vez que has ganado el dinero, lo imposible es que lo ahorres. Porque como todo el mundo sabe lo que has ganado, te exigen que empieces a comprar jarras eléctricas, y regalos de Navidad y cosas así.

—Sí —dijo Marvin.

—Pero ¿qué pasaría si tú no ganaras nada y, aun así, necesitaras una jarra eléctrica? ¿Qué harías entonces? —me preguntó Perky.

—¿Qué ha pasado con la apuesta? —preguntó a su vez Marvin—. ¿Cómo vas de ahorros, Henry?

—Lo conseguiré.

Perky dejó de mirar por la ventana.

—Cállate ya, Marvin. Henry tiene sus ambiciones y está trabajando muy duro. No te rías de él.

Me quedé asombradísimo. Marvin se calló. Di un sorbo a mi batido, pero Marvin había acabado con él mientras yo me ocupaba de mis finanzas.

Al volver a casa, estuve venga a pensar en regalarle a Perky un regalo de Navidad enorme, como por ejemplo un uniforme; pero como también tenía que pensar en mi viaje y en lo que costaba, decidí que le regalaría la botellita de perfume que había recogido de la basura.

Cuando llegué, mamá me dijo:

—Tu padre vendrá un rato esta noche, y también Joe y Jill. Espero que les hayas comprado alguna cosilla de regalo, ¿no?

No les había comprado nada de nada.

14

La única razón por la cual participé en la fiesta de aquella noche fue porque pensé que quizá me darían algo de pasta. Como necesitaba cuatrocientos noventa y tres dólares con setenta y ocho, supuse que si cada cual me daba cien dólares, lo conseguiría. Era mi única oportunidad: sólo faltaban cuatro días para Navidad.

Papá apareció por la puerta principal y mamá la mantuvo abierta como si fuera un visitante cualquiera o un vendedor de seguros. Sin embargo, papá había vivido en la casa y sin duda algo tenía que ver con mi nacimiento. Así que nos sentamos alrededor del moribundo árbol de Navidad, con los ojos puestos en las descoloridas guirnaldas de todos los años. Parecía que nada había cambiado. Como si no hubiera habido fiesta de fin de curso, como si no hubiera habido una gran pelea y como si John y Amanda nunca hubieran existido. Ninguno de los dos había venido.

Mamá acariciaba a Supercushion y le decía:

—Pobrecita, no te gustan las obras en casa, ¿verdad?

Papá miraba a la gata. Yo miraba al árbol de Navidad, que era en realidad una rama de pino que había crecido en sentido horizontal y que alguien había serrado y metido en un tiesto asqueroso lleno de trozos de ladrillo y arena. Su venganza era la de soltar y soltar agujas de pino sobre la alfombra. Unas agujas muy puntiagudas. Pinchaban. «Henry, por favor, quítate esas malolientes zapatillas de deporte cuando estés dentro de casa.»

«No puedo. Está todo lleno de agujas de pino.»

Mamá y papá acabaron sus bebidas y se quedaron mirando unas polillas que bombardeaban la bombilla de la lámpara. Papá se levantó y cerró las ventanas.

—No las cierres —le dijo mamá—. La pintura de las contraventanas aún está fresca.

Una polilla cayó en su vaso. Soltó un chillido y tiró la polilla, que entretanto ya se había ahogado, por la ventana; pero el cadáver se quedó pegado a la pintura.

Ambos se volvieron a sentar, se sirvieron más bebida y se quedaron mirando mis zapatos. Me habría gustado que hubiera aparecido Papá Noel, sólo para romper el horrible silencio reinante.

—Bueno —suspiró mamá—; al final no vamos a vender la casa, Jim.

—Pensaba que una familia joven la compraría, fíjate —le contestó papá.

Me imaginé a una familia de jóvenes cocodrilos que se acercaban a nuestra casa, arrastrándose por la hierba. Después estuve considerando qué era lo que entendería mi padre por «una familia joven»: ¿Una chica universitaria embarazada y en compañía de un chico de su clase? ¿Una pareja unida desde hacía años como la que forman mamá y John? ¿Somos mamá, John y yo una familia joven?

Entonces llegó Jill con mogollón de besos y grititos. Pero no traía ningún regalo. Me fui a la cocina a telefonear a Marvin. Es muy difícil sobrellevar las Navidades sin ningún amigo que te comprenda. Todo el mundo refugiado en su familia. Para contrarrestar la extraña situación que se estaba desarrollando en la sala de mi casa, necesitaba urgentemente charlar con un colega. Pero Marvin me dijo en voz muy baja que tenían visitas y que no podía hablar. Es un asco tener amigos que tienen parientes. Después, me dijo que había juntado veinte dólares en regalos navideños. ¿Hay justicia en el mundo? Llamé a Perky. Perky iba a celebrar la Navidad con unos veinte parientes y después pensaban ir a la playa y jugar al balón.

—¿Te gustan los perfumes? —le pregunté.

—Nunca he usado ninguno —dijo—. ¿Te vas a ir o te vas a quedar en vacaciones, Henry?

—¡Pero Perky, si ya sabes que voy a emigrar!

Perky se rió y dijo:

—Me preguntaba si te volvería a ver.

Pensé que se estaba preocupando por sus cincuenta dólares. Todo daba a entender que los iba a ganar. Yo no soy de esa clase de tipos que no pagan sus deudas. Lo que pasaba es que había conseguido ahorrar cincuenta y seis dólares y les había tomado verdadero cariño.

—Pasaré a verte mañana —le dije— y te llevaré un regalo. Adiós —y le colgué el teléfono.

—Mamá —pregunté después, haciéndome camino entre las polillas—, ¿cuándo te vas a cambiar a Bunnythorpe?

—Todavía no lo sé, querido.

—¿Y qué harás allí todo el día?

—Pues ya lo veremos —dijo ella cruzando y descruzando las piernas, cosa que le resulta bastante difícil.

—¿Quieres que pasemos la noche de Navidad en Bunnythorpe, Henry?

—No.

Todo el mundo se miró los zapatos.

—Jill, ¿podrías darle de comer a Henry el sábado?

—¿La víspera de Navidad?

—Sí. Es que John y yo vamos a Bunnythorpe para arreglar unas cuantas cosas y después tomaremos unas copas con unos amigos de John. Volveremos a eso de las ocho para colgar nuestras medias de la chimenea.

—¡Ja, ja! —dije yo.

—¿Te vas a llevar el coche? —preguntó Joe, que acababa de llegar de improviso con cuatro cadáveres de conejos a los que llamó regalos—. Es que no estaré aquí para vigilar que no te lo roben —la avisó.

—Sí. Nos lo llevaremos.

Papá dijo que ellos también se marcharían pronto de vacaciones. Iban a acampar en algún cámping de South Island.

—Bueno, eso está muy bien —dijo mamá—. Ahora pongámonos navideños e intercambiemos los regalos, ¿eh?

Entré en mi cuarto a ver qué encontraba. Tenía que echar mano de toda mi creatividad.

Al final le di la botella de perfume a Joe y la loción para después del afeitado a Jill. Me confundí. Como los había envuelto en papel de periódico, parecían iguales. A papá y a Amanda les di la foto que les había sacado, aunque no pareció encantarles. Papá me regaló una agenda de gran empresario con unas tapas tan gordas de cuero fino que te las podías comer entre cita y cita. Le dije que la usaría cuando empezara mi nueva vida en Australia. Cosa de unos días. Mamá y papá se miraron el uno a la otra, que es lo que hacen los padres cuando los niños dicen algo que ellos piensan que es muy gracioso. Le dije a mamá que su regalo le llegaría de Australia. Ella dijo que el regalo de verdad me lo daría la noche de Navidad, pero que ahora tenía una cosita para mí. Entonces, me dio el rótulo de «Se vende» que había estado junto a nuestra puerta las tres últimas semanas. Y también una bolsa de viaje llena de cremalleras y de bolsillos. Me iba a ser muy útil. Ideal para mis propósitos, pero por otro lado se me instaló en el corazón una sensación de frío, porque eso quería decir que mamá tomaba en serio mis propósitos y se quedaba tan ancha. Estaba feliz de que yo me largara, por lo visto. Por eso me había comprado la bolsa de viaje.

De algún modo todo era diferente a lo que yo había visualizado, o sea: una madre agarrada a la cola del avión y gritando de desesperación. Nadie me había dado ni un duro de regalo. Mi vida era la vida más cutre que niño en el mundo podía tener. Había caído muy bajo. No había conseguido dinero para mi pasaje a Australia. Mi madre había intentado librarse de mí mandándome a un internado y ahora deseaba que yo emigrara. Casi todos mis amigos se había largado. Perky esperaba que le llevara un regalo y yo casi tengo una depresión nerviosa, allí mismo en la sala, delante de todo el mundo entre las agujas de pino y las guirnaldas descoloridas.

15

Mi depresión nerviosa duró toda la noche y todo el día siguiente, que era jueves.

Viernes, 23 de diciembre

El farmacéutico me dijo que ya no me necesitaba y me dio mi paga. Licenciado de mi primer trabajo. Probablemente ese dato se lo tendré que esconder a mis futuros biógrafos.

Me sentí fatal. No se lo podía contar a Perky, porque ella ya tenía un montón de problemas y además le había prometido llevarle un regalo, cosa que no había hecho. Tampoco se lo quería contar a mi madre porque no le iba a importar ni un pepino. Estaría en alguna fiesta, seguro.

Así que decidí ir a visitar a la vieja señora Young. Había oído eso de que algunos ancianos te dejan sus fortunas en sus testamentos. Pensé que a lo mejor ella me podría dar un adelanto a cuenta de la herencia. Incluso podría ayudarle a escribir el testamento. Subí la empinada colina, bajé los veintitrés asquerosos escalones y la anciana apareció frente a mí, antes incluso de que llamara a la puerta.

—Entra, entra —graznó—, que tengo un regalo para ti.

Y desapareció en el oscuro recibidor, detrás de un calentador que tenía encendido incluso en verano. La seguí. ¿Serían los doscientas cincuenta dólares?

No. Eran un par de guantes de lana para que mis pobres manos no se helaran, como dijo ella.

Yo estaba a punto de llorar.

Me hizo sentarme, me puso los guantes en las manos, dijo que me estarían estupendamente y que qué buenas ideas tenía ella. Me preguntó que si quería una taza de té y que si la prefería sin leche o con azúcar.

—Sí, por favor. La quiero con arsénico —contesté.

Ella no me oyó. Está muy bien eso de pensar en heredar, pero cuando estás ahí con una anciana de verdad y te das cuenta de que ni siquiera te oye, comprendes que no se lo puedes preguntar. Cuando volvió con una bandeja con la tetera y unas galletas, intenté entrarle con un poco más de diplomacia.

—Señora Young, ¿es usted rica?

—¿Cómo lo quieres? ¿Con leche? —me respondió ella.

—En mazos de cincuenta dólares —contesté.

—¿Qué?

—Señora Young, ¿tiene usted ahorros?

Ella se rió y me dijo:

—Sí, los tiempos son muy duros —y removió la tetera.

—Por ejemplo, ¿tendría usted quinientos cincuenta dólares?

Moví las manos enguantadas delante de sus narices para atraer su atención.

—Serían para invertir en los proyectos de un joven con un enorme potencial. Enorme.

—No, no son enormes. Te están estupendamente.

—¿Me podría usted prestar quinientos cincuenta dólares? —repetí.

—¡Por supuesto que no! —me constestó cortante.

Estuvimos un buen rato masticando galletas de crema en silencio.

—Estoy encantada de que no estés de vacaciones. Casi todo el mundo se ha marchado. Como mis vecinos, por ejemplo —dijo al cabo de un rato.

Yo emergí del fondo del pozo e hice un esfuerzo para participar de la absurda conversación.

—¿Por qué no se va usted de vacaciones?

—¿Yo? —se rió con esa risa que tiene tan extraña y sus ojos daban vueltas como pelotas—. No tengo coche, ¿recuerdas?

Estuvimos allí sentados en la oscuridad, ella en su sillón y yo en el taburete del piano, pensando.

—Sí. Yo he viajado ya bastante. Mi hermana está en Picton. Ahora no se puede mover.

Mi bombilla mental volvió a encenderse como un puntito luminoso en la oscuridad.

—¿Por qué no alquila un coche y se va a verla? —le propuse con una galleta de crema en la mano.

Soltó la carcajada y dijo:

—Las señoras como yo no viajamos solas, ¿sabes? —suspiró y sonrió con cara de felicidad.

Yo le devolví la sonrisa, iluminado por una idea maravillosa.

—¿Si tuviera usted un acompañante, iría a ver a su hermana a Picton?

—Tómate la última galleta —me dijo.

—Perdone —le pregunté—, ¿puedo usar su teléfono?

El teléfono estaba en el recibidor que es donde la gente mayor tiene siempre el teléfono. Llamé a una empresa de alquiler de coches. Lo más barato era alquilar un coche por sesenta y tres dólares al día, más quince para el seguro. Entonces, llamé a la oficina del *ferry*. Un viaje de ida y vuelta a Picton en el día costaba treinta y tres dólares con sesenta para los mayores y dieciséis dólares con cincuenta para los niños. Tenía toda la información que necesitaba.

Cuando volví, la señora Young daba vueltas por la sala arreglando los cojines de los sillones. Me senté y le expliqué detenidamente que podía alquilarle un coche, muy barato. Yo le conseguiría uno por cincuenta dólares en vez de pagar setenta y ocho.

—¡Eres un caso! —me dijo sin parar de reírse.

—Que no. De verdad se lo digo. Resulta que conozco una empresa de alquiler de coches que tiene unos precios estupendos. Especiales para jubilados. Cincuenta dólares.

Ella me miraba dubitativa.

—Venga, señora Young, es verdad. Sólo cincuenta dólares y podrá visitar a su hermana en Picton.

El corazón me latía en el pecho. Si pudiera alquilarle a Megatón, tendría dinero para mi billete a Australia.

Ella empezó a abanicarse con un cojín. Apretó sus gordas piernas y me dijo:

—Eres un caso. Eres un caso —después, me miró fijamente y me preguntó—: ¿Cómo me vas a alquilar un coche y un chófer?

—Bueno —le dije—; un chófer, no. Un compañero. Eso era lo que yo pensaba. Le alquilaría el coche de mi madre, que lo alquila para bodas y cosas por el estilo —lo hacía cada vez mejor—, y yo sería su acompañante.

—Pues la telefonearé —se rió la mujer—. Eres un caso, me haces sentir el gusanillo de la aventura otra vez.

Fue un momento delicado.

—Bueno, la cosa es que mamá no está en este momento. Lo que haré es decirle que la llame por teléfono.

Apunté su número de teléfono, me comí la última galleta de crema. Y le dije:

—Puede confiar usted en mí. La llevaré a ver a su hermana.

Me fui a todo correr, subí las escaleras como un rayo y me largué en la bicicleta.

En realidad, le estaba haciendo un favor. Los *boy scouts* acompañan a las viejecitas a cruzar las calles. Pues yo iba a hacer algo parecido. Estaba siendo bondadoso. Aunque ganara cincuenta dólares para mi emigración. Se me iluminó otra bombilla. Y otra y otra. Una tormenta de ideas. Decidí que pagaría a Perky los cincuenta dólares que habíamos apostado y así podría, al fin, mirarla a los ojos.

La avalancha de ideas fluía en mi cabeza. También podría regalar a Perky el viaje en Megatón como regalo de Navidad. Seguro que le venían estupendamente unas vacaciones. Y además ella cuidaría bien de la señora Young. Claro que tendría que pagarle el billete del *ferry*, a no ser que... Mis bombillas internas amenazaban con fundirse: ¡Marvin! Marvin tenía pasta a espuertas. Le invitaría a él también, pero cobrándole más dinero. ¡El plan era perfecto!

Y llegó la iluminación total. Picton estaba en South Island, o sea, al otro lado del mar. Era un lugar posible para los cerebros que emigraban, si éstos se veían obligados a comprar un billete supereconómico. Claro que Picton no era Nueva York. Ni siquiera Sidney, pero estaba al otro lado del mar, y seguramente en South Island acogerían con gran entusiasmo la llegada de un genio de las finanzas (en ciernes).

Llegué a casa jadeante y me encontré frente a nuestra asquerosa puerta casi sin darme cuenta.

Me bebí un litro de leche, tiré los zapatos para ahuyentar a Blubberbag, que tenía intenciones de entrar en la cocina, y volví a marcharme para buscar a Marvin. Aquella parte del plan necesitaba un toque personal. Marvin estaba cortando el césped con una máquina de la era cuaternaria, con lo cual se alegró un montón de descansar un ratito. Primero le dije que le brindaba la posibilidad de hacer un viaje con Perky en Megatón. Después, le aclaré que podía ser un viaje preluna de miel.

—Ya, ya —me contestó él.

Le ayudé a cortar el césped y después aproveché para decirle que, por ir a South Island, les cobraría a los dos cincuenta dólares al día. Era una ganga. Baratísimo. Prácticamente un robo. La oferta incluía los billetes, Megatón con chófer...; en fin, un montón de cosas.

Esperé un ratito mientras se lo pensaba. Yo era consciente de lo difícil que le resulta a uno gastar parte de sus ahorros. Pero al final dijo que sí.

Allí le dejé, aunque antes de irme le dije que los céspedes a medio cortar se habían puesto bastante de moda desde que nosotros teníamos el nuestro. Me largué a ver a Perky y allí estaba: cuidando montones y montones de hermanos y hermanas, mientras su madre se ocupaba del bebé.

La casa de Perky era mayor que la nuestra, pero estaba más asquerosa aún. Incluso más asquerosa que antes de las obras. Pensé que a lo mejor se lo podía contar a John, por si acaso quería arreglar otra casa. Nunca había pensado que nadie de mi cole viviera peor que yo. Así que fue una sorpresa bastante positiva.

Quería que mi propuesta se produjera en un momento especial, como esos anuncios de perfume o de champú que dan por la tele. Como mi regalo no se podía envolver, necesitaba crear ambiente. Lo que no era nada fácil con toda aquella chavalería botando en un sofá.

—¿Quieres que vayamos al jardín? —le pregunté—. Tengo algo para ti.

—Serán cachitos de plástico —contestó ella.

—No —le dije mientras íbamos hacia la puerta.

—Henry, no necesito tus cincuenta dólares. Te ha costado mucho ganarlos.

Entonces, le conté que mi regalo consistía en un viaje en Megatón con chófer y en una travesía a Picton en *ferry*.

—¿Cómo dices? ¡Genial! —y me sonrió de un modo que me hizo sentir millonario—. ¿Cuándo?

—¿Mañana? —le dije.

Perky estaba en la puerta de entrada. Mirábamos ambos al jardín de atrás, que tenía un rincón lleno de arena donde jugaban los críos y un huerto bastante grande. Yo esperaba su respuesta.

—Mamá, ¿me dejas ir con la familia de Henry en *ferry*? Ellos pagan —gritó Perky. Y su madre le contestó que bueno, que estupendo, mientras el bebé lloraba a pleno pulmón.

Después, le expliqué que como mamá no estaba por la labor de darnos el permiso de usar a Megatón, necesitaba que ella me hiciera una llamada telefónica.

—Supongo que te das cuenta de lo importante que es el día de mañana —le dije.

—Por supuesto. Emigras.

Por fin había encontrado a alguien que me comprendía. Totalmente. Fue un momento maravilloso.

Perky cogió el teléfono, puso voz de señora y dijo que se iba a Arabia Saudita y que por supuesto otorgaba su permiso para que la señora Young cogiera el Mini. Los gritos de los críos, como música de fondo, daban a la escena un toque muy convincente. Como no le había contado a Perky que de hecho yo le estaba alquilando el coche a la señora Young, escuché la conversación aguantando la respiración. De todos modos, no creo que la señora Young entendiera todas las palabras con aquellos ruidos. Perky terminó de hablar antes de que yo muriera asfixiado.

—Has estado bárbara —le dije.

—No es la primera vez que uso el teléfono —me contestó.

—Me refiero a la voz que has puesto. Podrías ser mi secretaria.

Ella me miró y me di cuenta de que había dicho algo equivocado otra vez. Pero no impor-

138

taba. A mí no se me hundía fácilmente. Me sentía como el Titanic antes de la catástrofe. Tenía setenta y cuatro dólares con sesenta y dos y mi billete costaría dieciséis con cincuenta. La señora Young pagaría el suyo. Marvin pagaría el suyo y el de Perky, y yo comenzaría por fin una nueva vida.

Estaba chupado para alguien como yo, que formaba parte de la flor y nata de los cerebros de Nueva Zelanda.

16

Hice la maleta. Metí mi agenda de empresario y mi mejor pijama en la bolsa de viaje. Y también metí mis ahorros.

Después, llamé a la señora Young y le dije que tenía que estar preparada a las ocho de la mañana del día siguiente.

—¿Crees que tengo que llevar abrigo?

—Usted no debe preocuparse por nada. Ya me preocuparé yo de los detalles.

Mi última cena en casa consistió en las sobras de un guisado de conejo, unas patatas frías y una ensalada. No me fue difícil decir adiós a las comidas familiares. Los hoteles decentes nunca incluyen las sobras en el menú.

Mi madre estaba nerviosísima por no sé qué motivo y John abrió una botella de vino para celebrar las reformas.

—O sea, que os quedáis aquí, ¿verdad? —les pregunté—. Necesito saber vuestra dirección exacta porque mañana emigro.

John y mamá sonrieron y John me dio cincuenta centavos para que llevara a mis amigos a la piscina. Era obvio que no se lo creían.

Después de fregar los platos por última vez en mi vida, cerré la puerta de mi dormitorio, añadí los cincuenta centavos a mi capital y escribí mi nota de despedida:

Querida mami:

Me siento obligado a abandonar esta islita de inútiles, porque mi cerebro es demasiado potente. Tengo que seguir la brújula de la emigración, que en este caso me lleva a South Island, que es algo mayor que esto (lo he mirado en tu atlas), o sea, que tendré más oportunidades de prosperar que en este basurero.

Cuando pienses en mí en los años venideros, recuérdame tomándome un batido bajo una palmera. Estaré sentado junto a una mesa redonda con teléfono, en bañador. Podré pagar mis cuentas con tarjeta de crédito, y miraré fijamente a los camareros cuando les diga: «Cárguemelo en cuenta», pero mi cuenta corriente no se resentirá. Seré un magnate. Probablemente llegaré a ser alcalde.

Te saluda humildemente,
Tu hijo Henry

Después, me fui a la cama y me escondí bajo el endredón rojo. Me puse a pensar en Super-cushion y en Megatón. Tuve una visión: yo salía del dorado automóvil conducido por la señora Young (que podía pasar por mi tata). Entonces un importante hombre de negocios caía en la cuenta de que yo era una inversión segura, me llevaba a la sala de conferencias del *ferry* y desde allí mandaba un fax para preparar mi estancia en Picton, además de convocar una pequeña conferencia de prensa.

A la mañana siguiente, cuando abrí los ojos, el viento soplaba sin parar. El techo de mi casa hacía ruidos y las paredes temblaban. Me estuve un rato bajo el edredón rojo, pensando en que generalmente la gente que emigra lo hace en días soleados y azules. No en días de galerna. A lo mejor podría posponer mi emigración. Cancelarla a causa de las inclemencias del tiempo. Cuando pienso en ello, creo que, en efecto, habría sido mejor haberla anulado.

Apareció mi madre, dando un golpazo en la puerta y me dio un achuchón.

—Adiós, cielo, nos vamos. Diviértete en la piscina. Recuerda que Jill te dará de comer. Volveremos a las ocho.

Se oyó el ruido de un motor, mamá dio un bote y dijo: «¡Socorro, que se va sin mí!», y se largó.

Salté de la cama y me embutí en mis mejores ropas. Y cuando estaba allí, con una pierna en el pantalón y la otra en el aire, mi supercerebro se fundió de golpe: no había resuelto el problema de cómo llevar a la anciana a Megatón o a Megatón a la anciana.

Escondí la cabeza bajo mi almohada de Batman, intentando escuchar el flujo de ideas de mi cerebro. Y la idea principal que surgió de mi cabeza fue: comida.

Me hice un desayuno muy sólido a base de cereales, plátanos, galletas de chocolate y mermelada. Mientras masticaba, masticaba y masticaba, decidí que la señora Young tenía que coger el autobús hasta mi casa. La llamé por teléfono. Ella dijo riéndose que yo era un caso y que tenía que ir a buscarla porque ya debía de saber de sobra que por allí no había línea de autobús.

Me comí otra galleta de chocolate, le di de comer a Supercushion (también un desayuno enorme) y luego pedí un taxi por teléfono.

Después, todo fue un poco confuso. Llegó ella con un chófer enorme que me pidió diez dólares por el recorrido y que tiró su equipaje en el porche. Eran dos cestas y una bolsa. Y entonces la señora Young me dijo que una taza de té le iría de perlas, y allí me ves a mí, poniendo agua a hervir, lavando las tazas, mirando el reloj, empujando a Blubberbag para que saliera de la cocina... Y a todo esto, la mujer sin parar de darle a la lengua. Casi me olvido de la bolsa nueva con mis ahorros.

Por fin conseguí encajar a la anciana dentro de Megatón. Mi capital había descendido otra vez.

Miré por última vez nuestra asquerosa puerta mientras Supercushion me acariciaba las piernas. Estuve un rato despidiéndome del jardín, que era el lugar donde yo había crecido, mientras intentaba fijar todo en mi memoria para mi futura autobiografía. La puerta verdinegra y llena de hongos, el cobertizo, la hierba alta. Me estaba despidiendo.

Quise despedirme de Supercushion, pero se dio la vuelta y me dio un golpe con el trasero. Entonces, apareció Blubberbag de debajo de Megatón haciendo ruidos coléricos. Como no quería dejarla en las garras de aquella fiera y además era mi interlocutora preferida, pues no tuve corazón para abandonarla por siempre jamás. Era mi amiga. La metí en mi bolsa, cerré la cremallera y se vino conmigo.

No fue una buena decisión.

17

ME pareció que la señora Young sabía conducir. Sabía poner el coche en marcha y los pies donde debía. Tengo que admitir que conducía mejor que yo, pero por otro lado no tenía ni idea de adónde debía ir.

Salió pitando y le tuve que decir que fuera un poco más despacio cuando cruzamos la carretera principal y entonces ella dijo que no se había dado cuenta de que fuera un cruce y frenó de golpe. Creo que conducía con las mismas gafas que utilizaba para leer. Camino de casa de Perky, llegamos a un acuerdo. Ella se ocupaba de las marchas y yo del itinerario, como si estuviéramos en un *rally*.

Marvin y Perky se metieron en la parte de atrás del coche mientras la madre de Perky se enrollaba con la anciana creyendo que era mi madre. La señora Young no hacía otra cosa que asentir y reírse, y la madre de Perky no se enteraba de nada, porque tenía que vigilar que el montón de críos que le tiraban de la falda no salieran a la carretera.

Por fin salimos zumbando —gracias a Dios, la carretera no tenía curvas— mientras yo les explicaba a Marvin y a Perky que la mujer era el chófer de la *limusina*; se lo dije muy bajito para que la señora Young no me entendiera. Eso supuso que casi nos saltáramos un *stop*. Afortunadamente, Perky soltó un chillido y la anciana se rió mientras con sus manos temblorosas jugaba con el botón que ponía en marcha los limpiaparabrisas. Marvin miraba la carretera y Perky miraba a la anciana y a los mandos. Ambos parecían aterrados.

De pronto, Perky gritó:

—¡La bolsa! ¡Se mueve sola!

—¿Qué? ¿Qué es lo que pasa? —dijo la vieja señora Young mirando a su alrededor. Megatón dio un bandazo. Un camión tocó la bocina.

—¡No pasa nada! —grité yo—. Es Supercushion. Me la he traído.

—¡Qué maullido más gracioso! —se rió la mujer.

—¡Qué crueldad! —chilló Perky.

—¿Qué dices de crueldad? —preguntó la anciana.

—No veo crueldad alguna —dije yo. Mi bolsa se hinchó a mis pies y de ella salió un fantasmagórico maullido, nada propio de Supercushion.

—¿Qué es eso? —gritó Marvin.

—¡La sirena de los bomberos! —gritó la anciana. Y apartó el coche a la derecha de la carretera, frente a la entrada de un garaje. El montón de coches que venía detrás fue todo un bocinazo.

—La gata no puede respirar —dijo Perky.

En el colegio era una chica tranquila, pero en aquel momento estaba demostrando que era una mandona.

—¿Dónde está el fuego? —preguntó la anciana.

—Claro que puede respirar —le dije yo—, respira a través de la tela de la bolsa.

Marvin chilló:

—¡Saque el coche de aquí! Estamos formando un embotellamiento.

—¡Oh, Dios mío! —dijo la anciana y de prontó aceleró, giró el volante hacia la derecha y entramos en una gasolinera.

Me agaché, por una parte para salvar la vida y por otra, para que nadie me viera. Así agachado y atufándome con mis malolientes zapatos, abrí un poquito la bolsa para que la gata estuviera más cómoda. Apareció su nariz, sus ojos como dos rayitas, sus bigotes aplastados y sus orejas. Después, su cuello larguísimo y, aunque parezca mentira, de repente su cuerpo redondo y musculoso salió por el agujerito. Y allí la tuvimos, dando saltos en el coche y tirándose como una loca contra las ventanas que estaban cerradas.

Perky dio un grito, inútil por otra parte.

La señora Young dijo que nunca había visto cosa igual.

En aquel momento el tipo de la gasolinera tamborileó con los dedos en los cristales, ella bajó la ventanilla y le dijo:

—¿Quiere llenarme el depósito, buen hombre?

Fueron mis superreflejos los que salvaron a la gata. Me enrosqué en el asiento posterior y arrebaté al animal del regazo de Perky. Mi cara estaba cubierta de arañazos, pero había conseguido agarrar a Supercushion antes de que escapara. La volví a meter en la bolsa y cerré la cremallera.

Perky no hacía más que gritar y la anciana discutía con el tipo de la gasolinera porque no quería pagar la gasolina. Dijo que yo tenía el dinero. Como me pareció urgente salir de allí lo antes posible, dije que bueno y que ya arreglaríamos las cuentas después. Gracias a Dios que el coche no necesitaba mucha gasolina. Entonces caí en la cuenta con horror de que mi dinero estaba en la bolsa de Supercushion. Les hice bajarse a todos y les dije que se fueran a la cafetería. Volví al coche, me metí dentro, cerré todo bien, abrí la bolsa, y saqué ocho dólares. A todo esto, Supercushion volaba por el interior del coche como si fuera una ardilla, hasta que —y eso fue lo peor— la pude encerrar otra vez.

Les grité que se dieran prisa y continuamos el viaje.

Llegamos al *ferry* y aparcamos el coche. Marvin y Perky arrastraron la bolsa y las cestas de la mujer. Yo arrastré mi bolsa animada que ahora estaba llena de gotitas de sangre. La vieja señora Young caminaba despacio detrás de mí. Me paré para leer un rótulo que decía que lamentaban los inconvenientes, etcétera..., etcétera..., y la anciana topó contra mi espalda. No pasó nada. El rótulo me había ayudado a recuperarme. Me quedaban todavía sesenta y seis dólares con cuarenta y dos. Pero todo iba a ir bien. Estaba haciendo mi entrada en un nuevo mundo donde la gente se excusaba por las obras. Era lo justo. Entramos por la puerta automática a la sala de espera, que era muy grande. Aquélla era la clase de vida que yo quería: puertas automáticas.

—Ida y vuelta. Un adulto y tres niños —dije.

—Son ochenta y tres dólares con diez —dijo el hombre.

Miré a mi alrededor desesperadamente y ordené:

—Dadme el dinero, todos menos Perky.

Marvin preguntó que por qué Perky no tenía que pagar y yo le expliqué que era mi regalo de Navidad. Y él me dijo que eso no estaba bien, que no era justo. Y yo le dije que los regalos de Navidad no tenían por qué ser justos. Y además Marvin me debía cincuenta dólares por haberle organizado todo. Entonces, la señora Young pagó. Y Marvin dijo que a él se le había olvidado el dinero. La anciana se empezó a reír. Yo me quedé alucinado.

—Date prisa porque hay cola —dijo el señor de los billetes. Volví la cabeza y vi a dos robots enormes. Bueno, no eran robots. Eran turistas con mochilas. ¡Cielos, fue horroroso!

Marvin se quedó mirando a los de las mochilas y al señor de los billetes y de pronto sacó el dinero de su bolsillo, lo dejó en el mostrador y dijo que quería un billete de niño.

Lo observé mientras se metía el cambio en el bolsillo.

—Oye, Marvin, que son cincuenta dólares por todo el viaje. La *limusina*. El chófer. Servicio puerta a puerta. Todo junto.

—Haced el favor de moveros —pidió el hombre.

—Señora Young, tenga el dinero de su billete —le dije a la anciana.

Ella se rió, lo cogió y el hombre le entregó el billete de Marvin.

Me fui al lavabo con la bolsa viviente. Mis manos estaban totalmente cubiertas de arañazos. Saqué el resto del dinero, volví a cerrar la bolsa y se lo llevé al vendedor. Él dijo que faltaban dieciocho centavos y yo pensé que el cerebro me iba a explotar delante de todo el mundo.

Entonces, Perky dijo que tenía un dólar para comprarse un helado y que me lo daba, lo que hizo que me sintiera tan avergonzado que pensé que estaba clínicamente muerto, sensación que me duró un rato, mientras cada uno cogía su billete.

Me había quedado sin un centavo. Estaba harto de leer en *El Semanario de la Mujer* cosas sobre empresarios que habían empezado de la nada. De todas formas, lo importante era que estaba consiguiendo emigrar. Subimos la empinada rampa entre masas y masas de turistas y de gente que hablaba idiomas extranjeros. Mi experiencia allende los mares estaba empezando.

Y, luego, aparecieron unos tipos ultra educados con pantalones negros y camisas blancas que nos dieron la bienvenida a bordo. Marvin y Perky no les hicieron ni caso y desaparecieron dejando el equipaje de la señora Young en una pila. Yo le pregunté al oficial que cuánto duraba el viaje y él me contestó que «Tres horas, señor». De golpe y porrazo mi vida había cambiado. Me habían llamado «Señor». Entonces, apareció Marvin que, haciendo gestos con los brazos, me gritó que fuera a donde estaba él y la anciana se fue tras él. Yo miré al oficial con gesto indolente y maduro, cogí las dos cestas y la bolsa que pesaba muchísimo, la otra bolsa —la bolsa viviente con Supercushion dentro— y me arrastré hacia ellos.

Marvin nos guió por el barco hasta salir a cubierta y después subimos por una escalera de metal. La anciana subió bastante bien, pero iba sin equipaje, claro. Yo fui tras ella, dándole ánimos. Si se me hubiera caído encima, me habría dejado más plano que un billete de dólar. Algún día la gente se dará cuenta de la generosidad de mis acciones.

Bueno, pues allí estábamos todos juntos en la cubierta de popa, rodeados de montones de turistas con la máquina de fotos alrededor del cuello, las manos en los bolsillos, y zapatillas de deporte que no eran nada malolientes.

Perky estaba acodada en la barandilla. Leía un cartel y nos chillaba su contenido:

—Esta nave lleva hasta ciento veintiséis coches y sesenta camiones y puede llegar a albergar novecientos cincuenta pasajeros.

Bueno, pues allí estaba yo intentando colocar las cestas en algún sitio y que no desaparecieran. Intentaba también acariciar a Supercushion a través de la tela de la bolsa, mientras los turistas, sacando fotos, me empujaban continuamente. A pesar de ello, tengo que admitir que estaba impresionado. Aquello sí que era una nave. Mucho mejor que cualquier aeroplano.

Hacía tanto viento en cubierta que si hubiera levantado mis brazos, posiblemente habría podido volar. Pasó una bandada de gaviotas chillando. Miré hacia abajo y, cinco pisos más allá, vi una pequeña plataforma llena de aves.

Encontré una barra de chocolate medio comida en mi bolsillo y la tiré al mar. Una gaviota pasó chillando como si fuera un *Spitfire* y la atrapó antes de que desapareciera en el agua. ¡Vaya puntería! Me sentí fenomenal. Dejaba atrás a la gente más tonta del mundo para entrar en un universo de expertos especializados. Hasta las gaviotas estaban especializadas.

Marvin fisgoneaba por todas partes y señalaba los contrapesos de cemento que colgaban de las torres de proa. Perky tiraba gominolas que caían sobre la carrocería de los coches y de los *todoterrenos* que se iban introduciendo lentamente en el barco. Yo empecé a hacer lo mismo. Era genial. Una de mis gominolas se quedó atrapada en una tienda de campaña que estaba plegada sobre uno de los techos. Todos los coches tenían dos personas en la parte delantera y racimos de críos en la trasera. Todo el mundo tenía mapas, pañuelos de papel y caramelos. Todos, a reventar de artículos veraniegos —tiendas de campaña, tablas de *surf*, mochilas, juegos, perros, tarteras—. Todo el mundo se reía y nos miraba. Les hicimos gestos con la mano y soltamos unos cuantos gritos al viento. Había un coche cargado con una tabla de *windsurf* que tenía un arbolito de Navidad en el cristal trasero y un montón de paquetes de regalos con brillantes envolturas. ¡Todo el mundo de vacaciones! ¡Todo el mundo se divertía!

Había cantidad de familias, pero eso no me

importaba. Si mi familia no creía en las vacaciones, a mí no me importaba nada. Porque yo iba a reunirme con los cerebros. Emigraba y, al mismo tiempo, disfrutaba de unas vacaciones chachis. ¡Qué fuerte! Estaba como una moto. Y era yo el que lo había organizado todo.

—¡Chachi! —grité y me puse a saltar mirando los últimos coches que subían a bordo.

El penúltimo me pareció bastante familiar. Era más viejo que los demás. Un Ford Escort de color naranja. En él había dos personas muy sonrientes. Al principio, las sonrisas me confundieron, pero luego mi cerebro fundió un cable. Era el coche de mi padre. Efectivamente, allí mismo, justo bajo nuestra cubierta y bombardeados por las gominolas que Marvin y Perky les lanzaban sin parar, estaban papá y Amanda que se iban de vacaciones.

18

Sɪ no hubiera sido por la barandilla me habría caído en picado. Habría fallecido contra el techo de un *todoterreno*. Así que me agarré a la barandilla como las camisas a las pinzas de la ropa cuando cuelgan al sol.

¡No podían ser ellos! ¡No podían haberme visto! No, no me habrían reconocido. No llevaba la misma ropa que la última vez que me vieron.

Un golpe de viento me golpeó en el pecho y dejé de respirar. Allí me quedé desamparado, agarrándome desesperadamente con las manos a la barandilla, mientras Marvin y Perky se pegaban por la última gominola. Me desmayé.

Cuando recuperé el conocimiento, la vieja señora Young decía algo de buscar un buen sitio que estuviera resguardado del viento. Retrocedí unos pasos, tambaleante, empujé la bolsa de Supercushion y cuatro malvadas garras asomaron a través de la tela y me pegaron un tremendo arañazo en la pierna. Marvin empezó a perseguir a Perky entre las mesas. La señora Young me cogió de la mano. Tenía garras de águila, no de gato.

—Marvin, ¡espérame! —grité. Él y Perky se fueron corriendo y el viento se llevó mis palabras.

Estaba seguro de que si llevaba a la anciana

a que se sentara cómodamente en primera línea, me encontraría con papá y Amanda, que estarían haciendo lo mismo. Era vital que papá no me viera. Tenía la sensación de que no estaría de acuerdo con mis deseos de emigrar.

Pero no tuve elección. Si yo estaba a merced del viento como una toalla mojada, la anciana, que era como un almohadón enorme, corría peligro de desaparecer en el horizonte. Le colgué su bolsa del hombro, me colgué la mía con Supercushion alrededor del cuello, de modo que me cubría casi toda la cara, y agarré las cestas de la anciana. Supercushion intentó dar con mi yugular. Sin embargo, no eran más que pequeños problemas al lado de lo que había conseguido: estaba en una nave enorme y mi emigración acababa de empezar.

Me resultaba imposible bajar por la escalera de metal cargado con el equipaje, pero la anciana ya había planeado otra ruta. La seguí por unas líneas negras que marcaban la cubierta, después por un bar y por un pasillo. Hicimos millas y millas, pasamos frente a montones de gentes, cuando de pronto ella se paró y dijo:

—Aquí estaremos bien.

Y se sentó como un balón que se queda sin aire.

Estábamos en una sala que tenía filas y filas de sillones, como en un avión, todos mirando a las grandes ventanas que, cubiertas de salpicaduras, no dejaban ver el mar. Me escondí en el asiento para que nadie me viera y descargué las cestas, la bolsa y la bolsa con Supercushion, que me soltó un gran bufido.

154

A la vieja señora Young no pareció importarle nada. Estaba agachada buscando sus agujas de hacer punto en una de las cestas. Sacó unas madejas, un muestrario, otro par de gafas y unas telas. Parece mentira cómo una anciana puede convertir un sillón en una sala de estar.

—No me vendría mal una tacita de té —me dijo. Me lo dijo a mí, lord Henry Jollifer, futuro magnate, al que habían llamado «señor» sólo hacía unos minutos. Yo no era el esclavo de nadie. Así que le doblé el abrigo, puse la bolsa de la gata encima y me marché. Me puse la chaqueta y salí de aquella sala como si fuera un turista más.

Me tropecé con Marvin y Perky, que estaban discutiendo junto a la fuente de la cubierta. No se por qué me miraron con odio.

—Pero... ¡si va a estar estupendamente! Las ancianitas no se pierden en los barcos —traté de defenderme.

—Mentiroso —dijo Perky, que ya estaba otra vez llena de púas. Es una pena que no tenga la cresta que mamá tiene en el pelo. Iría muy bien con su personalidad.

—Mentiroso. Me has engañado. Me dijiste que el viaje era mi regalo de Navidad. Igual que los cincuenta dólares que yo te gané.

—¡No me los ganaste! —chillé en el viento.

—Dijiste que me llevabas en *ferry* gratis y ahora he descubierto que le has pedido a Marvin que me pague el viaje.

—Espera, espera un momento. Marvin no ha pagado tu billete.

—Pero lo has intentado —dijo Marvin.

—No es verdad —dije yo, mintiendo.

—¡Embustero! —gritó Perky.

—¡Y además he ganado la apuesta! —chillé—.
¡Estoy emigrando!

—Picton no está en otro país, cabeza de chor-
lito —me gritó Perky.

—¡Y qué! ¡Está al otro lado del mar!

—No, señor.

—Entonces, ¿qué es eso? —dije yo señalando
el mar.

—Eso es el estrecho de Cook, guapo. No el
mar. Así que ya lo ves.

—Yo sé todo sobre las agencias de viajes
—dijo Marvin—. Y tú no tienes licencia fiscal
como agente de viajes. Ven, Perky, déjale. Es un
fantasma.

Se fue y Perky se fue con él, después de lan-
zarme una mirada aviesa.

—Oye, que yo he pagado por ti. Es un regalo
de Navidad. Te he organizado lo de la *limusina*
y...

Pero ya se habían largado. Me quedé solo con
las gaviotas y el viento. Ni siquiera el ruido de
los motores podían apagar los ecos de la palabra
«fantasma».

Me quedé en un rinconcito totalmente solo.
El *ferry* estaba abandonando el muelle. El agua
hervía a los lados del barco. Me abroché la chaqueta y empecé a subir unos escalones de metal
chocándome con alguien que bajaba y que dijo
que parecía mentira que no mirara por dónde
iba.

Encontré un lugar en la cubierta superior, detrás de la chimenea, donde podía estar escondido

tranquilamente. Como hacía tanto viento, no había absolutamente nadie. Una de mis geniales intuiciones. Estaba a salvo de papá y Amanda, de la anciana y, sobre todo, de Marvin y Perky. Me puse a pasear de un lado a otro. No estaba seguro de desear seguir adelante con lo de la emigración. Pero, claro, ya no me podía echar atrás. Ésa es una de las desventajas de no tener yate privado.

¿Había sido demasiado egoísta? ¿No me había limitado a organizarles la vida, como lo hubiera hecho cualquier hombre de negocios con generosidad y altruismo, ya que ellos no sabían nada de organización? ¿Se podía hacer dinero y conservar a los amigos? Y si no se podía, ¿seguía queriendo yo ser rico? ¿Había realmente cosas más importantes que el dinero? No estaba tan seguro de ello.

Después de pensar con gran intensidad en estos temas, durante un minuto o cosa así, llegué a la conclusión de que aquel lugar no era nada bueno. Hacía tanto viento que corría el riesgo de quedarme calvo, y tampoco podía respirar. El viento me golpeaba sin parar en el estómago, lo que me obligaba a abrir la boca de vez en cuando para hacer «erfff...», y aunque abriera los labios sólo un milímetro, me entraba tal cantidad de aire que casi me explotaban los pulmones. Iba a salir volando de un momento a otro como un barco volante. Y hacía tanto frío que ya no sentía ni las piernas ni los brazos que, además, se me habían puesto azules.

Decidí bajar a la sala, coger de la bolsa de Supercushion mis ochenta y dos centavos, que era lo que quedaba del cambio de Perky, y pegarme una comilona en el restaurante. Supuse que las vibraciones del barco habrían tranquilizado a la gata y que Amanda y papá no podrían reconocerme, puesto que tenía los pelos tiesos, las piernas azúl pálido y la cara y el cuello totalmente cubiertos de arañazos. Me parecía mucho más a un clónico de Frankenstein que a un niño. Bajé las escaleras de metal, tieso como un palo, y me dirigí a la sala. Como no tenía salida por la parte delantera, pensaba que nadie iría hacia allí. Supuse que sería capaz de coger el dinero, pagarme algún alimento para curar mi principio de congelación y refugiarme en uno de los sillones de atrás. Allí me dedicaría a encender y apagar la lucecita del techo. Me convenía practicar para cuando, por fin, consiga volar en un avión de verdad.

Ya estaba dentro, aproximándome a la entrada de la sala, junto al área de juego de los niños. Esperaba encontrar la sala tal como estaba cuando la había dejado, pero me equivocaba.

La anciana estaba de pie y parecía una tienda de campaña pillada entre un montón de cuerdas. Pensé que estaría jugando a que era Gulliver, pero luego me di cuenta de que no eran cuerdas, sino sus madejas de lana. Pero eso no la preocupaba. Quería coger su abrigo que estaba bajo la bolsa. La bolsa temblaba y hacía ruidos extraños y, a través de la tela, una de las patas del gato estaba agarrada al abrigo. Algunas personas se estaban levantando y diciendo cosas como:

—Espere.

—Cálmese.

—Quite ese gato de ahí, oiga.

—A ver si nos libramos de él.

De pronto, la bolsa saltó en el aire, el abrigo quedó liberado y la vieja señora Young por poco se cae encima. Un hombre la sostuvo por el brazo.

Una mujer cogió la bolsa viviente, abrió la cremallera un poquito y dijo que ¡pobre cosita!, que necesitaba aire. Y volvió a dejar la bolsa en el suelo.

La señora Young intentaba ponerse el abrigo mientras las madejas de lana colgaban de sus brazos. El abrigo tenía una mancha de humedad. Algunas personas se rieron. La anciana dio un grito:

—Es mi mejor abrigo. A vosotros no os importará un comino, pero yo voy a ir a ver a mi hermana a Picton. ¡Ya le voy a dar yo a ese! —gritó—. ¡Ha intentado quedarse con mi dinero!

—No será para tanto —gritó alguien.

—Y ahora me ha abandonado —siguió ella—. Bueno, bueno. Como le vea, llamaré a la policía.

¿Qué podía hacer yo?

Nada.

—Los gatos necesitan un acomodo como es debido —dijo alguien.

—Anda, se le han *meao* encima —dijo otra persona.

—Eh, ¡a callar! Que no oigo la tele —dijo alguien.

—¡Ése es! —gritó la señora Young.

—Está como una cabra, ¿verdad?

—¿Dónde está el chico de los pedidos? —dijo ella en voz muy alta.

Todo el mundo parecía muy avergonzado.

—Mami, ¡ese gato se ha meado! —dijo un niño que andaba por allí chupándose una mano.

Todos se rieron, excepto la anciana, el hombre que estaba intentando desenredarle las madejas de encima y yo, por supuesto.

Me refugié en la última fila. Allí estaban Marvin y Perky discutiendo, pero sin hacer nada para ayudar a la anciana o a Supercushion. En ese momento Perky dijo:

—Pero ¿no me has dicho que Henry me había pagado el viaje?

Yo los ignoré. No hacía más que pensar en la posibilidad de organizar un ataque sorpresa, con un equipo de profesionales compuesto por mí, o sea, por un miembro muy entrenado para la lucha. Cuando, de pronto, la cremallera se abrió y la cabeza de Supercushion, que estaba totalmente rabiosa, emergió de la bolsa. Después, apareció el resto de mi gata dejando atrás una bolsa mojada y maloliente. El resto del cuerpo de Supercushion se aplastó contra el suelo y salió disparado, justo delante de mí, hacia las escaleras. Tenía los ojos fuera de las órbitas. Admito que pude haber sido egoísta hasta aquel momento, pero de pronto tuve la clara conciencia de que hay cosas más importantes que el dinero, y Supercushion era una de ellas. Básicamente debo ser un santo, porque abandoné la posibilidad de recuperar mis ochenta y dos centavos y fui detrás de Supercushion. Era culpa mía que estuviera allí. Tenía que encontrarla y llevármela a casa.

A lo mejor, el capitán me dejaba que se quedara en su cabina, si se daba cuenta de que era una gata muy tranquila, lo que resolvería otros problemas también. Oí a Perky que gritaba que Supercushion se había escapado, pero fui más rápido. Combinando mi hipercerebro con mis hipermúsculos, subí las escaleras más velozmente que el propio Batman y entré en un bar lleno de humo. Había mogollón de hombres y mujeres hablando y bebiendo a los acordes de una música muy fuerte. No se veía a Supercushion por ninguna parte. Pensé que se habría refugiado bajo una mesa.

Escribiría una carta para quejarme a la compañía marítima, porque lo que son las paredes, la nave las tendría como es debido, pero, desde luego, los suelos del bar estaban asquerosos. Casi me pongo malo cuando gateaba bajo las mesas. No sólo inhalaba los vapores de la cerveza, sino que el suelo, además de estar sucio, se movía arriba y abajo sin cesar. También anoté mentalmente que debía explicarle a mamá algún día que no es verdad que yo tenga los zapatos más malolientes del mundo. Había algunos pares que parecían estar rociados de gas repelente para los insectos.

Levanté un poco la cabeza para mirar alrededor y allí estaba Supercushion, que parecía un cruce entre un murciélago y una lechuza con los ojos grandes y redondos. Estaba bajo un sillón junto a una mesa. En unos segundos estaría acariciándola.

Me arrastré despacio hacia allí, sorteando colillas y patatas fritas y —lo peor de todo— almendras que crujían bajo mis manos, codos y rodillas. Y, encima, la gente no hacía más que decir idioteces.

—Será algun camarero estúpido —dijeron unas piernas con tacones.

—Quita del medio, crío —dijeron unas piernas muy delgadas, enfundadas en unos vaqueros. Estoy seguro de que el dueño de la voz era más o menos de mi edad.

—Oye, ¿qué estás haciendo? —preguntaron unas piernas desnudas y llenas de pelo. Levanté la cabeza y vi a un hombre con la cara muy roja. Estaba completamente calvo y se le notaba muy enfadado por ello—. ¡Desaparece! —me ordenó y estampó uno de sus pies muy cerca de mi mano izquierda.

A eso le llamo yo intimidación. También Supercushion se sentía intimidada. Recuperó su forma normal y dio un salto hacia Perky.

—¡Anda, un gato! —chillaron un par de piernas de mujer con botas vaqueras.

—No —dijo su compañero, que llevaba las botas sucias—, más bien parece un elefante.

—¡Podría ayudarme a cogerla! —gritó Perky furiosa. Todo el mundo pudo ver cómo Supercushion cruzaba por encima del bar, muy por encima del suelo que se movía de arriba abajo, y desaparecía.

Alguien silbó. Varios hombres gritaron. Y todo el mundo se rió. No tenía ninguna gracia. Supercushion estaba aterrada y yo no supe si la había perdido para siempre.

Me largué del bar y me fui a un rincón de la cubierta. Me hice un ovillo como si fuera una nuez, me tapé la cabeza y los hombros con la chaqueta y llegué a una conclusión. Algunos problemas son demasiado grandes incluso para mí. La vida es totalmente injusta. Arriba y abajo. Arriba y abajo se movía el barco. Tenía frío. Tenía hambre. Sólo quería mi edredón rojo, el árbol de mi jardín, ir a la piscina con Marvin. Tuve un arrebato de nostalgia. Arriba y abajo. Arriba y Abajo.

Había intentado formar parte de la operación «Fuga de cerebros», pero la cosa no había ido bien. Era imposible ahorrar el dinero suficiente para un billete de primera clase en las líneas aéreas neozelandesas. Era imposible pertenecer a la flor y nata de nuestra juventud cuando mis padres no pertenecían a la flor y nata de nada. Me había equivocado de padres. Arriba y abajo. Arriba y abajo. Para colmo de males, había perdido a Supercushion. Yo era el responsable y no podría volver a mirar a mi madre a los ojos. Arriba y abajo. Dos sólidos traseros golpearon al sentarse la esquina del banco donde estaba tumbado. Me retumbaron los oídos.

—Pues ¿sabes lo que te digo? Ha sido muy amable ofreciéndonos su casa hasta que podamos mudarnos.

—Sí, pero da la casualidad de que yo me siento rarísima en la misma casa donde viviste con ella.

—Mmmmm.

A lo mejor estaba alucinando. A lo mejor era la consecuencia de haber inhalado todos aquellos gases malolientes y de toda aquella miseria. Pero las voces me parecían demasiado familiares. Tenía el trasero congelado. Los zapatos llenos de alfileres. Mi oreja estaba atrapada entre los tablones de madera, pero no osaba moverme.

—A mí no me importa cuidar de Supercushion. Es sólo que me da la sensación de que parte de tu vida les pertenece todavía.

—¿A quiénes?

—Pues a Henry y a Suzy.

—Pero si él es mi...

—¡Si ya lo sé, si ya lo sé! Pero yo lo que quería es que fueran unas vacaciones sólo para los dos y ahora ella está aquí. Y yo no quiero tenerla con nosotros.

Mi cuerpo, que estaba sólidamente congelado, se puso al rojo vivo.

—¡Urrrgh! —gemí. No pude evitarlo.

—Oye, ¿le pasa algo a ese chico? —exclamó Amanda y me di cuenta por la dirección de la voz que se había vuelto hacia mí.

—Debe estar mareado —dijo papá.

Tuve frío otra vez y la sensación de que dos trillones de arañas bailaban *bakalao* en mi cuerpo.

—No sabemos si ella está aquí —dijo papá.

—Venga ya, hombre. Ese chico era Henry. Lo he visto tan claro como el día. Y si él está aquí, también estará ella...

—Sí, pero... ¡Maldita sea! Me siento mal por no haberle traído con nosotros.

—Pero tú dijiste que iba a ser una ocasión para estar solos nosotros dos...

—Sí, ya lo sé, pero...

Abrí un ojo y vi el mar. No había otra cosa que ver.

Arriba y abajo. Arriba y abajo. Debíamos de

164

estar en el estrecho, entre las dos islas. Era muy fuerte. Arriba y abajo. Arriba y abajo. Así que Amanda intentaba arrebatarme a mi padre. No importaba nada. Pronto estaría muy lejos de todos ellos. Estaría en Picton, allende los mares, haciéndome de oro.

De pronto, supe lo que tenía que hacer. Me levanté a duras penas y fui hacia la barandilla, pero mis piernas parecían dos plátanos maduros. No llegué a la barandilla. Vomité sobre la cubierta y sobre la barandilla y, como el viento era tan fuerte, sobre mí mismo. Me puse perdido. Amanda gritó:

—¡Dios mío, es Henry!

Me desmayé.

19

IMAGÍNATE la escena: una de las cubiertas del *Arahura*. Una de las cubiertas pequeñas. Como unos cinco pisos sobre el nivel del mar. No habría podido ni saltar al agua. Estaba muy revuelta y el viento era como un *spray* helado sobre mi cara. Papá se marchó. Me quedé a merced de Amanda. Sin ayuda de nadie. Después, pude ver a Perky, más borrosa que la llama de una vela, detrás de Amanda. Nunca podré olvidar la vergüenza que pasé.

Amanda hizo que me sentara y me alargó una bolsa. La acepté, aunque no tenía intención de vomitar otra vez. En la bolsa ponía: *Para usar en caso de mareo*. Tan cerca y tan lejos, pensé yo. Tan cerca del mundo de la gente supereducada: «Estoy a su servicio. Sí, señor. Que pase un buen día, señor. ¿Una bolsa para el mareo, señor?». Pero muy lejos, muy lejos. Lejísimos. O sea, quiero decir, ¿se imagina alguien a mamá o a Amanda diciendo «Para su uso personal, señor», alargándome el bocadillo para el cole o un rollo de papel del váter?

En la borrosa distancia reapareció mi padre, o así me lo pareció, con una toalla caliente y mojada, e intentó limpiarme la cara con ella. Le di un empujón. Soy demasiado mayor para que nadie me lave. Amanda dijo que yo necesitaba una manta y papá desapareció otra vez. Arriba y abajo. Arriba y abajo. Aquello no paraba nunca. Me volví a levantar tambaleante. Amanda me gritó que en la bolsa y así lo hice. Fue tan humillante que, de hecho, dejé de estar en el banco, en cubierta, y me convertí en una pequeña gaviota y... Pero descubrí que mis alas también estaban hechas de plátanos y que el mar se me acercaba peligrosamente. Tuve que usar la bolsa otra vez. Apareció algo muy grande. Papá. Me envolvió en una manta y allí me quedé sentadito entre él y Amanda, sintiéndome como si fuera una momia egipcia. Más muerto que vivo. Perky desapareció con la toalla. Amanda susurró:

—¿Dónde está Suzy, Jim? Mejor será que la encuentres.

Papá dijo que yo estaba muy bien con ellos; ella se calló y yo supe que era de nuevo un bebé. Nada de independencia y esas cosas. Los adultos se creen que no les entiendes cuando hablan de ti. Si iban a empezar a tratarme como si no estuviera presente, sería mejor que me ausentara de la vida real. Así que me convertí en una partícula por un rato.

Después, oí:

—¡Henry! ¡Hala, pareces un puerro! —y apareció Marvin, hablando sin parar de los sitios en los que había estado.

—Cállate, Marvin. Mira a ver si la señora Young se encuentra bien —dijo Perky.

—Esto —le preguntó Amanda—... ¿Está la madre de Henry contigo?

—No —le contestó Perky—. Hemos venido con una señora mayor. Está en la sala.

—Vale —dijo papá.

—A lo mejor, podría cuidar de Henry —propuso Amanda, quien probablemente pensaba a esas alturas que ya no podía soportar más el olor de mis zapatos.

—No. Ya le cuido yo —afirmó Perky.

—Está muy mareado. Creo que sería mejor que le dieran atención médica —dijo Amanda.

—No hay problema. Soy muy buena enfermera —explicó Perky—. Henry no se marea. Siempre me ha dicho que es un gran marinero. Es todo lo demás lo que no le funciona.

—¿Cómo dices? —dijo papá—. ¿A qué te refieres?

—Ha intentado organizar algo fenomenal —respondió—. Y ha sido capaz de regalarme un sueño. Creo que hemos sido muy injustos con él. Ahora Supercushion ha desaparecido y la anciana está furiosísima y...

—¡Supercushion! —gritaron papá y Amanda al mismo tiempo.

Yo solté un gemido. No lo pude evitar. Tuvo el desafortunado efecto de silenciar a Perky. Lo que había dicho me había hecho sentirme humano de nuevo. Amanda me volvió a dar una bolsa.

—No se preocupen —dijo Perky—, déjenlo conmigo. Lo único que le pasa es que tiene demasiados planes y espera demasiado de la vida. Eso es todo. Siempre será mejor que no tener ningún plan de futuro ni ninguna esperanza.

Papá murmuró algo entre dientes que no se le entendió. Amanda dijo que se merecía un café y allí se fueron mientras papá no hacía más que repetirle a Perky que si estaba segura de querer quedarse conmigo a solas. Se fueron. Apoyé mi cabeza en su hombro y ella me rodeó con el brazo. Tuve la sensación de que era un gesto muy valiente. Estaba haciendo mimos a alguien cubierto de vómitos.

Allí estuvimos, arriba y abajo, sin preocuparnos de nada más que de nosotros mismos, hasta que otro golpe de viento nos zarandeó y una enorme ola hizo bailar la nave.

—¡La bolsa! —gemí y Perky me la volvió a pasar.

Había empezado a ver puntos negros y verdes en el mar.

¿Era posible que fuera nuestra puerta?

—Ahora te encontrarás mejor, Henry —dijo Perky—. Ya hemos pasado lo peor.

Los puntos negros eran rocas. Los puntos verdes eran árboles. ¡Oh, tierra maravillosa! Perky tenía razón. Mis piernas dejaron de ser plátanos y las cosas dejaron de estar borrosas. Dijo que yo necesitaba un vaso de agua, y como no me sentía capaz de agacharme para beber de la fuente, nos fuimos al bar. No tenía miedo de que la señora Young me reconociera con mi nuevo peinado, consistente en unos pelos muy tiesos, perfectamente erizados gracias a la sal marina y a los vómitos, la cara sucia, la piel verde, arañazos alrededor del cuello y una manta que me cubría de la cabeza a los pies. Me parecía más a un perdedor de *La guerra de las galaxias* que al chico de los pedidos que ella había conocido en su día.

Amanda se nos unió en el bar y le compró a Perky un zumo de naranja. Yo tomé agua. Amanda regresó con papá, y Perky y yo nos sentamos en una mesita a mirar las colinas cubiertas de maleza que desfilaban frente a nuestros ojos.

Estábamos muy cerca de la orilla. Esperaba que el capitán supiera lo que estaba haciendo. Vimos pasar una granja lejana que estaba sobre un embarcadero. Tenían un buzón y, también, una playita. Quizá yo pudiera esconderme en un sitio como aquél. Pensé que no podría volver a mi casa. Y cuando lo pensé, me pareció que se me cerraba la garganta y que mis ojos se llenaban de agua.

—Todo saldrá bien, Henry. Ya encontraremos a Supercushion.

Eso es todo lo que dijo, pero lo dijo de una manera que me pareció que le importaba mucho. No lo dijo de mentiras. Y fue algo tan totalmente diferente de todo lo que había oído aquel día, que tuvo un efecto muy raro. La miré y ella también me estaba mirando. Me miró de verdad. Pude ver en sus ojos dos pequeños Henrys, y entonces empecé a contarle todo lo que había pensado. Incluso cosas que no sabía que había pensado.

Le dije que nunca podría emigrar. Que mamá había cambiado las cosas y que mi casa y mi familia se habían convertido en algo extraño y diferente. Le dije que iba a tener el verano más solitario y aburrido de mi vida. Todo por culpa del sistema económico. El dinero era malo para cualquiera. Hacía que ganaras y ahorraras, ganaras y ahorraras y te volvieras tan aburrido como un adulto.

—Pero hay que tener dinero —dijo Perky.

—Vale, pero ¿quién quiere pasarse la vida cortando el césped de los demás? Y luego están los impuestos y...

—Pero los impuestos son para hacer colegios y hospitales y carreteras...

—Sí, pero la educación sólo se necesita para trabajar, y cuando trabajas demasiado, te pones enfermo.

—Si yo no trabajara, mi familia no saldría adelante —dijo Perky.

—Es muy injusto. Especialmente para ti —comenté yo.

—Mi madre dice que hay mucha gente que se pasa la vida ayudando a los demás. Para lograr un mundo mejor.

—Bueno —dije yo.

—Es gente muy conocida. Están incluso en pósters.

—¿De verdad? ¿Cómo se llaman?

—Bueno, no sé. Revolucionarios, supongo.

—¡Hala!

Entonces, apareció Marvin.

—¿Por qué tiene que comprarse Perky el uniforme del instituto con su dinero? —le pregunté.

Y puso cara de culpabilidad, la misma que ponen los mayores cuando les preguntan que cuánto ganan.

—No lo sé —respondió y empezó a buscar

restos de cerveza en los vasos de las mesas vacías que había por allí.

—¿Por qué alguna gente duerme en camas de segunda mano, las puertas de sus casas tienen hongos de puro viejas, conducen coches que se caen a pedazos, alquilan casas que derruye el Ayuntamiento para hacer carreteras y jamás van a Disneylandia? —pregunté.

Perky me estaba mirando con la boca abierta. Le veía los dientes de delante. Estaba muy impresionada. Me vino a la mente un nuevo pensamiento: Quizá mi destino no era ser un hombre de negocios, sino un revolucionario.

—Vayamos a buscar algo de comida —nos dijo Marvin. Y se fue al bar. No sé qué puede ver Perky en él.

—Vale, vete. Puedes irte con él —le dije.

—No. Tú eres mucho más interesante —dijo ella.

No se me ocurrió nada más que decir.

—Lo que importa no es darle vueltas a cómo debe ser el mundo —continuó ella—. Mamá dice que lo que importa es vivir bien cada día que pasa.

—Sí. Estoy totalmente de acuerdo. Vamos a buscar a Supercushion —dije yo. Nos levantamos, dimos la espalda a aquel bosque grande y oscuro que sobrevolaban un montón de gaviotas y cruzamos la puerta, tropezando con el pequeño escalón, porque se ve que se habían empeñado en no querer hacer la puerta mayor.

Mi mente se había aclarado por fin. Hasta aquel momento, la tenía sobrecargada con los problemas estúpidos de la gente mayor y también porque los mayores nunca dicen lo que piensan. Ahora que sabía cuáles eran mis prioridades, tenía claro que la número uno era Supercushion. Debía capturarla y volverla a llevar a casa. Sabía que Perky me ayudaría.

Fuimos a la sala de pasajeros y la señora Young no estaba allí. Ni tampoco Supercushion. A Perky no pareció importarle empezar a llamarla, así que yo también lo hice. Entonces, oímos una voz que decía por el altavoz:

«Atención, atención. Rogamos al propietario de un gato negro que se ha escapado por el barco que venga a información» —todo el mundo se rió—. «Rogamos también al compañero de viaje de la señora Edith Young de Wellington que se presente en información.»

Me quedé hecho polvo.

—Venga —dijo Perky.

—Vale —dije yo.

En el mostrador de información parecía haberse reunido toda la gente que yo conocía.

—¡Ése es! ¡Gracias, oficial! —dijo la cascada voz de la anciana—. ¡Deténganle! ¡El chico de los pedidos! ¡Ése es el ladrón! —chilló.

No se cómo pudo reconocerme. Todavía estaba envuelto en la manta.

Papá parecía paralizado. Amanda parecía enferma. Marvin sonreía y mascaba chicle. El oficial no estaba ni divertido ni sorprendido.

—Bueno, aquí tienes a tu Houdini —me dijo—, lo hemos drogado. Creo que dormirá el resto de las vacaciones.

—No pienso ir de vacaciones —murmuré y agarré la jaula de la gata, sosteniéndola lo más

173

lejos posible de papá y de Amanda. Miré a papá y me pareció que estaba hecho polvo. Y Amanda parecía en estado de *shock*. A lo mejor, no estaba de acuerdo con que drogaran a los gatos.

La señora Young gritó:

—¡Quiero hablar con ese chico!

Creo que me habría atacado con una de sus agujas de hacer punto si Perky no le hubiera dicho:

—Vale, señora Young. No se preocupe por su abrigo. Lo vamos a arreglar.

Eso me dio tiempo de retirarme. Mientras, Perky le explicó a papá todo lo que había pasado con la señora Young y con Megatón. Después, se enrolló con la anciana y le explicó quién era papá y quién era Supercushion. Me fui con mi gata en la jaula y me senté por allí. Por la ventana podía ver el puerto de Picton. Muy pequeñito. Un montón de edificios rodeados por colinas cubiertas enteramente de bosques.

—¿Dónde estás, Henry?

—¡Oh, Dios mío!

—¿Dónde ha ido?

Volví donde estaban ellos. Los miembros de una familia estadounidense daban vueltas por allí también, porque querían ser los primeros en bajar a tierra cuando el barco atracara. La niña dijo algo de que yo estaba hecho un asco, yo solté un ruido extraño y salió corriendo.

Cuando llegué a donde estaba mi grupo, todo se había arreglado. Ya no me necesitaban. Papá y Amanda llevarían a la anciana a casa de su hermana y le organizarían la vuelta para coger el *ferry* de la noche. Se fueron a todo correr, porque el altavoz ordenaba a todos los conductores que volvieran a sus puestos. Marvin, Perky y yo iríamos a dar una vuelta por Picton hasta la hora de regreso y llevaríamos a Supercushion con nosotros. Perky dijo que ella se encargaría de la bolsa. Marvin comentó que «¡qué asco!». Papá nos dio dinero para que nos divirtiéramos.

—¡No! ¡No estoy de acuerdo! ¡El chico me prometió que estaría conmigo todo el tiempo! Hasta que vuelva a casa. ¡No se por qué he venido! —gimoteó la señora Young.

—Tiene razón, señora —respondió papá—. Un compromiso es un compromiso.

—Sí —le dijo Amanda—. Puede usted cuidar de él —y la anciana se rió. Todo el mundo estaba de acuerdo y eso fue realmente lo peor de todo.

Así que eso es lo que pasó. Marvin y Perky se lo pasaron en grande. Alquilaron una bicicleta de dos sillines, jugaron al minigolf y se pasearon por todo Picton con el dinero de mi padre. Yo pasé la tarde en una habitación con muy poca luz, oyendo como las dos ancianas discutían sobre su madre. No me hicieron ni caso y lo único que comimos fueron unas galletas. Cuando volvimos, tuve que sentarme al lado de la señora Young en el sillón de avión de la sala de pasajeros, agarrado a una bolsa para el mareo, por si acaso. Un aburrimiento. No me gustaban aquellos asientos de avión. Ya no me apetecía hacer un largo viaje en avión. Perky se fue por ahí con Marvin. Estaba ansiosa por recorrer la nave. Supercushion, drogado, dormía como un bendito a mis pies. Me revolví en el asiento, intentando dormir, pero en cuanto cerraba los ojos veía la cara de mi madre, muy enfadada. Me soltaba un chorretón de palabras. Con rabia. Tenía miedo de volverla a ver.

20

Bueno, ahí estaba yo a punto de volver a casa, atrapado en el pasillo del *ferry*. Los oficiales blancos y negros se aseguraban de que todo el mundo saliera de la nave. La mayoría de la gente se marchaba voluntariamente. Los oficiales parecían ansiosos de librarse de mí, de mi jaula con la gata, de mi bolsa de vómitos, de las cestas y de la gran bolsa de costura llena de telas.

Miré hacia mi alrededor, pero no había escapatoria posible. El pasillo de salida tenía paredes y techo. Nadie podría pasar inadvertido cuando se topara con mi madre, que estaba parada al final de dicho pasillo como si fuera un tótem. Empecé a bajar cada vez más despacio. Marvin se me acercó y se ofreció a llevarme las cestas.

—Henry, ¿crees que tu madre me devolverá el dinero?

—No. Creo que no —le respondí.

—Ha sido estupendo. ¿A que sí? —dijo Perky, me sonrió y me volvió a decir—: Gracias.

Después, vio a mi madre, retrocedió y empezó a hablar con la señora Young. Ésta le dijo que era una muchachita muy servicial.

Se me estaban cayendo las bolsas de las manos cuando oí que Perky me daba ánimos. Solté un gemido y las volví a coger. Su voz me dio el ánimo necesario para llegar al final.

Entonces, Marvin dijo:

—Hola, señora Jollifer. Venimos de Picton —cosa realmente idiota porque el *ferry* no va a ningún otro lado.

Marvin, Perky y la anciana empezaron a hablar a la vez.

—¿Es su hijo? Me ha estropeado el abrigo.

—Y, luego, hemos alquilado una bici...

—La gata de Henry se ha escapado.

—El papá de Henry está en el *ferry*.

—Henry se ha mareado.

John, que intentaba enterarse de algo, empezó a toser, mientras mamá seguía muda y tiesa como un poste.

—Quiero volver a casa inmediatamente —graznó la anciana.

Marvin dijo algo de que yo había vomitado en una bolsa y Perky le soltó un codazo en las costillas.

—Vale. Todos vosotros y... bueno, la abuelita, os venís conmigo. Os llevo. Suzy, tú llévate a él en Megatón.

«Él» era yo. Igual que a papá le llaman «tu padre», a mí me llaman ahora «él».

—Adiós —dijo Perky.

Supuse que no la volvería a ver en mi vida. Las bolsas, las cestas, las personas y el abrigo desaparecieron. Yo estaba solo frente al poste que daba la casualidad de que era mi madre. No me atreví a mirarla, pero sentí como si su cabeza estuviera envuelta en alambres y sobre ellos hubiera trocitos de vidrio. Entramos en Megatón y todavía no había abierto la boca. Atravesamos la asquerosa puerta con sus hongos verdinegros, pasamos junto al asqueroso buzón, dejamos atrás nuestro cobertizo torcido y los cubos de basura, y dejamos el coche en la parte de atrás de la casa.

Bueno, eso quería decir, por lo menos, que «él» no era una visita, pensé yo. «Si entro por la parte de atrás, debo ser un huésped permanente.» Salí del coche, y mamá vino detrás de mí, siempre en silencio. Yo llevaba la bolsa con Supercushion en una mano y la bolsa de los vómitos en la otra, como el cordero que va al matadero. Tuve miedo de que me mordiera.

Subimos los escalones que ahora eran nuevos. Me agaché para quitarme las zapatillas de deporte, y mamá me empujó para que siguiera adelante. A lo mejor, había decidido que no me quedara con ellos.

Las luces estaban todas encendidas. La puerta estaba abierta. Jill preparaba la cena en la cocina. Recordé que hacía una comida la mar de buena. Mejor que la de mamá. Fue un pensamiento curioso. Jill dijo «Hola, Henry», pero no pude contestar porque mamá seguía empujándome. Empujándome hacia mi habitación. Me senté sobre el edredón y ella me avisó de mala manera: «No te sientes, estás asqueroso». Me volví a levantar y la miré. No tenía alambres, ni vidrios en la cabeza. Tenía los ojos enrojecidos y la cara también, y apretaba mucho la boca. Seguía silenciosa. Entonces, dijo:

—Henry, ¿sabes que robar coches está penado? ¿Sabes que no está permitido conducir sin permiso?

—Sí.

—Entonces, ¿por qué tú...?

—¡Oye! Yo no he robado nada —le dije.

¿Cómo había podido pensar que yo era capaz de robar su coche? Ése es el problema con mi madre. Siempre está haciendo tragedias de nada. Le expliqué que había sido la señora Young la que había alquilado el coche; pero que, al final, como se lo había tenido que pagar yo, pues que, en todo caso, la ladrona sería ella. Y mamá se quedó muy confundida y se sentó en la cama, y yo me senté junto a ella. Le conté todo el asunto y la cosa rara fue que por una vez fue capaz de escucharme sin interrupción. Mis dotes de interlocutor estaban mejorando. Sin duda, era un revolucionario nato.

—Así que decidí volver, porque necesitaba ropa limpia.

Ella siguió muy quieta. Luego, dio un salto y gritó temblando como un flan:

—Henry, ¿no lo ves? No quiero que te marches de casa. ¿Por qué no eres feliz aquí? ¿Qué es lo que he hecho yo? —movió su cabeza *punki* y no supe qué decirle. No tenía ni idea de qué había hecho.

—Yo quería emigrar.

—Henry, ¡cállate!

—Ya te dije que quería emigrar, pero nunca me hacías caso.

—No me dijiste que ibas a robarme el coche y marcharte a Picton.

—Lo siento, mamá —le dije e inmediatamente me puse en disposición de oír algo desagradable. Siempre me grita cuando le digo que lo siento.

—Mejor será que lo sientas —susurró. Después fue a darme un achuchón y añadió—: ¡Maldición, hueles fatal! —abrió la ventana, se dio la vuelta y me preguntó—: Henry, ¿qué es lo que te pasa, cielo mío?

Pues no sabía del todo lo que me pasaba. Pasaba que no iba a engrosar las filas de la operación «Fuga de cerebros», pasaba que la gente no tenía la misma cantidad de dinero, pasaba que la señora Young no me había pagado. Después recordé cuál era mi prioridad.

—Bueno, en lo que se refiere a Supercushion...

—No, Henry, aclaremos las cosas importantes. Supercushion no es la causa de que te hayas largado de casa.

—Yo no me estaba largando de casa —aclaré. Al final, no me había escuchado.

—¿Es por causa de John?

—¿Qué?

—Cariño, tú eres lo más importante que tengo en el mundo.

¡Oh, cielos! Mamá se iba a enrollar otra vez. Era como lo que ocurre en una serie de la tele que se llama *Vecinos*, sólo que mamá tiene el pelo muy corto y yo estaba hecho un desastre. En *Vecinos* todo el mundo tiene el pelo largo y va superlimpio.

—Me gustaría que me creyeras.

Ambos miramos al edredón rojo. Y, después, ella dijo:

—Tengo una sorpresa para ti después de que te bañes y cenes.

—No quiero cenar —contesté.

Entonces, de pronto, alargó un brazo, como el

de un pulpo, un brazo del cual no podrías escaparte nunca, y una gran boca besucona me atacó la oreja, y se puso a mecerme hacia delante y hacia atrás. El pulpo mayor del Pacífico. Si hubiera tenido algo en el estómago lo habría vomitado, pero ya no me quedaba ningún empuje. Era la cena. El olor del guiso de Jill me estaba adormeciendo el cerebro.

—Vale, tú ganas —dije. Y me fui a bañar, aunque insistí para que Supercushion se quedara conmigo y pudiera verla todo el rato. Deshice una pastilla de jabón entera para llenar la bañera de espuma y estuve ensayando discursos revolucionarios y preparando lo que le diría a mamá: «Sólo me pienso quedar aquí si me dejas ir a la misma escuela de Marvin y si puedo ver a Perky a menudo. No pienso ir a un internado. No pienso vivir en Bunnythorpe, y aunque no quiero emigrar, si no se me hace caso, tendré que hacerlo».

Después del baño fui a cenar. La cena no iba a ser otra cosa que una cena de negocios. Jill había traído flores de su jardín para adornar la mesa. Todos teníamos globos atados en el respaldo de las sillas. Jill se había ido, lo cual era muy raro porque ella había preparado la cena. A lo mejor no le había salido tan buena como otras veces.

Pero todo fue estupendo. La salsa estaba genial. John llegó a tiempo para partir la carne y le contó a mamá lo mandona que era la señora Young, que la había llevado a su casa y ella le había obligado a hacerle una taza de té. Mamá abrió una botella de champán y me dio un sorbito. Estaba contentísima. Seguramente porque había recuperado su coche. Pero no hablamos de nada importante. Supongo que todos nos reservábamos las fuerzas para posteriores pactos.

Cuando me terminé la carne, mamá miró a John y John miró a mamá, y mamá se levantó de la mesa y me dio un sobre. Un sobre muy abultado.

—Éste es tu regalo —dijo con voz extraña. ¡Demonios! Debían de ser vales para libros.

Dentro del sobre había tres billetes de avión, ida y vuelta, de las líneas aéreas neozelandesas. Uno para John, otro para mamá y el tercero para mí. Tres semanas en Australia, el primero de enero. Lo vi todo borroso. Dejé los billetes en mi plato. Mamá los cogió para quitarles la salsa de encima. Mis glándulas salivales, que había trabajado perfectamente durante toda la cena, se quedaron de pronto totalmente paralizadas. Más viajes. Abandonar el hogar. No podría. El mundo empezó a bailar arriba y abajo. Fue el regalo más horroroso que jamás me han hecho. Mamá y John me miraban.

—¡No quiero marcharme! A ningún lado —grité.

La cara de mi madre me bailaba en los ojos, porque los tenía llenos de lágrimas.

—Henry, cariño. No vamos a dejar el hogar. Son solamente unas vacaciones. Es un viaje especial que me ha facilitado la madre de Marvin. Los niños no pagan.

—¿Qué? —grité. Todo lo que me había costado durante meses y meses, y resulta que a mamá se lo daban por nada. ¡Hala! Los mayores lo tienen fácil. No es justo. Cerré la puerta de mi dormitorio de un portazo, agarré a la pobre Supercushion que seguía medio grogui y nos tumbamos los dos bajo mi edredón, quedándonos inconscientes al momento. Seguro que me desmayé.

Mamá comentó al día siguiente, día de Navidad, mientras John colocaba nuestra nueva valla y un buzón nuevo, y mientras ella y yo los pintábamos..., pues mamá comentó que yo estaba agotado. Y yo nunca estoy agotado. Pero fue un día fenomenal. Decidimos tener unas Navidades diferentes. No sólo colocamos la puerta de entrada nueva, sino toda la valla que rodea la casa. Luego, vino Jill con un pastel y un postre de kiwis que a mí me gusta mucho.

—Me da la sensación de que como estáis tan trabajadores, no habréis leído el periódico de ayer, ¿verdad? —preguntó.

Le dijimos que no. Que se nos había olvidado, y ella dijo que miráramos en la página doce. Dejé la brocha, abrí el periódico por la página doce y vi una página llena de fotos. Una de ellas era la mía con mamá y John y la pared de mi cuarto. Allí estaba para que la viera todo Wellington. Y debajo se leía: «Categoría Humor. Segundo Premio: Henry Jollifer». El premio consistía en un viaje de ida y vuelta a Picton en el *Arahura* para dos personas.

Mamá miró la foto e hizo como si se muriera de la risa —porque en realidad la foto no le gustaba nada— y John dijo que tendría que irse allende los mares, hasta que la gente dejara de hablar de aquello. Entonces, incluso mamá se rió de verdad.

Después de comer, mientras John lavaba los platos, mamá me dijo que teníamos que ahorrar para pagarnos las vacaciones. Por eso, papá y Amanda se quedarían en casa mientras nosotros nos íbamos de viaje y así Supercushion estaría bien cuidada. Habían encontrado una casa nueva, pero no se podían trasladar antes de unas semanas. Joe, el del otro lado de la calle, iría a la casa de John en Bunnythorpe a cuidarla y a matar conejos.

—¿Dónde viviremos cuando volvamos de Australia? —le pregunté.

—Aquí. En esta casa —respondió mamá.

—Sin cambios, entonces —dije.

—Bueno. Un cambio pequeñito es que John vivirá con nosotros.

¡Pues vaya novedad! ¡Llevaba cuatro semanas viviendo con nosotros!

—Espero que no haya más obras —comenté.

—Ninguna más —aseguró mamá.

Pues todo parecía muy sensato.

—¿Por qué no me dijiste que íbamos a ir a Australia?

—Me habría gustado haberlo hecho, Henry. Pero es que era mi regalo de Navidad y no te lo quería dar antes.

Me sentí mal, porque yo no les había comprado nada. Se lo conté y ella me dijo que no me preocupara.

Cuando estábamos terminando de pintar la valla, al lado de Megatón se paró un viejo camión lleno de niños. Todos llevaban gorros de playa. Apareció Perky y gritó a voces:

—¡Felices Navidades!

Después, se acercó a mí y me entregó un paquete envuelto en papel rojo. Era una piedra plana con dos ojos y una boca pintados. Se me parecía. Y había una tarjeta que decía:

Para Henry. Seré tu piedra de la buena suerte para que seas un revolucionario afortunado. De Perky.

Me quedé sin habla. Es el mejor regalo que he tenido en mi vida. Perky se encogió de hombros, me sonrió, me dijo que se iban a la playa y el camión se marchó. Eché a correr tras él y se paró.

—¡Perky! Ahora sí que tengo un regalo para ti —le dije jadeante—. He ganado el concurso de fotos y te regalo el premio.

—¡No puedes hacer eso!

—Sí, claro que puedo. Es un viaje a Picton otra vez. Para dos personas.

Se rió, dijo que le encantaría ir y que se llevaría a su madre. El camión arrancó otra vez y nos dijimos adiós con la mano, hasta que desapareció al doblar la esquina. Volví a casa con la cara colorada como un tomate y el cerebro a mil por hora. Mi nueva vida como revolucionario acababa de empezar.

EL BARCO DE VAPOR

SERIE ROJA (a partir de 12 años)

Colección GRAN ANGULAR

Edición especial: